ALEXANDRA BÜSCHE

herzallerliebst

DREIZEHN KURZGESCHICHTEN

INHALT

DER GEMÜSEHÄNDLER

Er mochte seinen Beruf.

Er liebte ihn geradezu.

Das war nicht immer so gewesen.

Morgens, wenn er seinen Laden öffnete, stand er glücklich zwischen all dem Obst und Gemüse. Der Duft der Früchte war etwas Einmaliges und immer hob sich seine Laune, wenn er diese herrlichen Farben seiner Ware betrachtete.

Er war ja schon Stunden auf den Beinen. Hatte auf dem Großmarkt alles eingekauft. Er hatte seine bestimmten Lieblingshändler, bei denen er sicher war, dass er nur erstklassige Ware bekam. Das war er seinen Kunden schuldig.

Sein Laden lag im Generalsviertel in Hamburg, dessen Straßennamen nach militärischen Befehlshabern benannt waren. Er mochte dieses Viertel sehr. Es hatte ein dörfliches Ambiente und das mitten in der Stadt. Er kannte jeden Kunden. Man hielt beim Einkaufen ein Pläuschchen.

Seine Kundschaft bestand weitgehend aus alten Leuten, aber auch die Jungen kamen. Das Viertel hatte nicht die beeindruckenden Villen wie Harvestehude oder Rotherbaum, aber seine gutbürgerlichen Häuser aus der Jahrhundertwende besaßen ihren ganz eigenen Charme.

Es lebte hier eine Mischung aus Rentnern, Ausländern, Künstlern und jungen Familien, die zentral wohnen wollten, sich aber die ganz teuren Gegenden nicht leisten konnten. Es waren ausnahmslos Leute, die viel Wert auf frische Zutaten in ihrem Kochtopf legten. Das war günstig für ihn. Auch wohnten hier viele Familien, die kein Auto hatten und in der Nachbarschaft einkauften.

So hatte er sein Auskommen. Seine Existenz war gesichert. Seine Identität verbunden mit seinem Lädchen. Kein Mensch hier ahnte, was er für eine Vergangenheit hatte. Das war ideal.

Seine Tarnung als harmloser Gemüsehändler war die beste, die er jemals gehabt hatte. Alle Geheimdienstler sollten bei ihrer Pensionierung Gemüsehändler werden, war seine Meinung. Es gab einfach nichts Besseres.

Nach all den Jahren der Unsicherheit, der Gefahr, des Versteckens, fand man als Gemüsehändler eine sichere Existenz. Frei von aller Aufregung und allem Stress. Er entdeckte an sich sogar, dass er es sich abgewöhnte, in jedem Eintretenden einen Killer oder Spion zu vermuten. Er hatte Vertrauen zu seiner Umgebung und diese zu ihm. Es war absurd.

Wenn die Leute wüssten, dass er ein vielfacher Mörder war. Dass er fünf Sprachen fließend sprach. Dass er sich als Agent über zwanzig Jahre in den verschiedensten Krisengebieten aufgehalten hatte. Wahrscheinlich würden sie sich nicht so unbefangen mit ihm unterhalten. Wahrscheinlich würden sie sich gar nicht mehr trauen bei ihm zu kaufen. Einige würden vielleicht aus Neugier kommen. Doch wenn sie wüssten, dass diese Hände, die jetzt so liebevoll das Obst sortierten, schon einmal einen Menschen erwürgt hatten; sie würden sich zweimal überlegen hierher zu kommen, da war er sicher.

Häufig war es nicht einmal Notwehr gewesen. Er war absolut kaltblütig vorgegangen. Hatte keinerlei Skrupel gehabt. Hatte ohne Gnade getötet, ohne Mitgefühl. Und hier trug er freundlich jeder Oma ihre Tasche.

Ab und zu ertappte er sich dabei, sich selbst ein zynisches Grinsen im Spiegel zuzuwerfen, wenn er an seinen Sinneswandel dachte.

Am 17. September titelte der Boulevard:

„Gemüsehändler in seinem Geschäft bestialisch hingerichtet! Die Russenmafia in der Kottwitzstraße?"

Im Viertel war man sprachlos. Man trauerte um den freundlichen Gemüsehändler. Wo sollte man jetzt einkaufen? Es war ein Jammer. Die Leute diskutierten fassungslos vor der Tür des Ladens. Niemand konnte sich erklären, warum das geschehen musste.

Ein so netter Mann.

EIN HOF UND SEIN GEHEIMNIS

Katherine war so lange weg gewesen, dass sie fast vergessen hatte, wie schön es hier war. Dieser Platz war eine Oase auf der Welt, eine Oase in ihrem Leben. Hier hatte sie sich immer beschützt gefühlt. Hier hatte sie immer Ruhe gefunden, um nachzudenken.

Der Hof war umschlossen von Gebäuden. Das brachte Sicherheit. Das brachte Geborgenheit. Der Duft der Rosen im Rondell bezauberte und entspannte. Hier war es eine Wonne durchzuatmen.

Ein Schloss, ein Stallgebäude und eine Orangerie rahmten den Hof ein. Es war eine inspirierende Umgebung. Nichts Hässliches gab es hier. Nichts Unpassendes, das den Blick störte, das die Gedanken hätte ablenken können.

Sie liebte es hier zu verweilen, umgeben von netten Menschen, die einem nur Gutes wollten.

Hier kam sie zur Ruhe. Hier lebte sie auf.

Sie saß am späten Nachmittag auf einer der Bänke im Hof. Die Sonne stand schon ein wenig tief, aber wärmte noch.

Katherine war nach vielen Jahren wieder hergekommen, um nachzudenken. Sie brauchte Abstand zu ihrem eigentlichen Leben, zu ihrem Dasein. Sie musste eine Entscheidung treffen und hoffte darauf, dass ihr die unvergleichliche Stille dieses Hofes helfen würde eine Lösung zu finden.

Der Hof, der in ihrer Kindheit schon so eine große Rolle gespielt hatte. Der ihr ganzes Leben beeinflusst hatte. Durch sein Geheimnis, durch ihr Geheimnis. Durch ihrer beider Geheimnis. Hier war etwas geschehen, von dem nur sie wusste. Sie war sicher, dass sich hier schon viele Tragödien abgespielt hatten. Dennoch hatte sich der Hof seine Gelassenheit, seinen Frieden erhalten. Die Atmosphäre war einfach unerschütterlich, und das hatte ihr viele Male Sicherheit gegeben. Hatte ihr ermöglicht, das Entsetzen unter Kontrolle zu bekommen. Hatte ihr ermöglicht weiterzuleben, überhaupt ein Leben zu beginnen und nicht eine Gefangene ihres Traumas zu werden.

Dieser Hof war ihr Verbündeter, ihr Vertrauter. Sie beide würden das Geheimnis mit sich nehmen. Er würde es bewahren, sie würde eines Tages damit sterben.

Und stark und ohne Zaudern würde er hier weiter bestehen. Friedlich in der Abendsonne die Menschen erfreuen, die das Glück hatten, hierher zu kommen.

So saß sie hier also und betrachtete die wundervollen Buchsbaumkugeln, die mannshoch das Rondell säumten. Schweifte mit ihrem Blick über den Kastanienhain, der herrlich schattig dem Schloss gegenüber den Hof einrahmte.

Und doch konnte sie nicht verhindern, immer wieder mit den Gedanken zu jenem Moment zurückzukehren, der sich so furchtbar in ihr Gedächtnis eingebrannt hatte. Sie verstand, dass der Hof ihr signalisierte, dass sie das Erlebte noch einmal vor ihrem inneren Auge vorbeiziehen lassen musste. Gelang es ihr in der Ferne, es zu verdrängen, so wurde es hier aus ihrem Inneren an die Oberfläche getragen.

Also gut, sie würde sich dieser Herausforderung stellen.

Sie war damals acht Jahre alt gewesen. Sie war hier aufgewachsen. Eine privilegierte Tochter, verwöhnt und eigensinnig. Sie hatte hier einen gewaltigen Spielplatz gehabt. Einerseits bestehend aus den schönsten Gebäuden, in denen man nach Herzenslust herumtollen konnte, andererseits umrahmt von der unendlichen Natur, die sich um das Anwesen erstreckte. Ein Fluss, Wälder, Wiesen, Tiere, wilde und zahme, das alles hatte sie aus vollen Zügen genießen können. Sie liebte es im Wald herumzustromern, im Hof zu spielen, oder sich einfach dort aufzuhalten. Irgendwo in einer Ecke zu sitzen und zu träumen. Das hatte sie auch an jenem Morgen getan. An jenem Morgen, an dem ihr sorgloses Leben für immer ein Ende finden sollte.

Hier im Hof hatte sie hinter einer zwei Meter hohen

Buchsbaumhecke einen Lieblingsplatz. Für Erwachsene lag er im Verborgenen. Die Hecke hatte einen Hohlraum, den sie schon vor langer Zeit entdeckt hatte. Wollte sie ungestört sein, verschwand sie dort einfach. Niemand konnte sie dort sehen. Sie konnte allerdings alles sehen, was sich im Hof abspielte.

An diesem Morgen, es war noch sehr früh, hatte sie sich wie so oft dort verschanzt und las.

Plötzlich hörte sie Stimmen. Eine der Stimmen war eindeutig die ihres Vaters. Er klang sehr aufgeregt. Er sprach gepresst, leise. Sie meinte zu erkennen, dass er sich mühsam beherrschen musste, um nicht laut zu werden.

Sie schaute von ihrem Buch auf und sah, dass er wild gestikulierend auf eine der Mägde einredete. Diese wirkte eingeschüchtert und gleichzeitig entschlossen.

Katherines Interesse war geweckt und sie konzentrierte sich darauf zu verstehen, was die beiden sprachen.

„Du musst auf der Stelle hier verschwinden. Heute Morgen noch. Ich will dich hier nicht mehr sehen."

So kannte sie ihren Vater nicht. Normalerweise war er

ein freundlicher Mann, voller Güte. Dass er jemanden vom Personal so behandelte, war neu für sie.

„Ich werde keinesfalls verschwinden. Schon gar nicht, wenn du mir nicht die Möglichkeit gibst, vernünftig zu überleben. Schließlich ist es dein Kind. Du musst für es sorgen! Du bist Schuld an dem Ganzen. Ich habe hier nur gearbeitet. Du hast mich verfolgt und verführt. Du hättest das verhindern müssen. Nun musst du geradestehen für das Kind. Und wenn du mir jetzt nicht hilfst, werde ich es laut herausposaunen und vor allem deiner Frau sagen."

Das letzte Wort hatte sie noch kaum ausgesprochen, da stürzte sich ihr sonst so friedlicher Vater auf die Magd und zerrte sie hinter einen der Buchsbäume. Sie wehrte sich, aber er war stärker.

Von ihrem Versteck aus konnte Katherine alles genau sehen. Ihr Vater würgte die Magd. Diese zappelte und versuchte sich zu befreien, aber es gelang ihr nicht.

Katherine war stocksteif. Unfähig sich zu rühren. Sie hätte um Hilfe schreien können, doch dann wäre alles herausgekommen. Was wäre dann mit ihrem Vater passiert? Sie liebte ihn doch. Für sie war er ihr Held, fast ein Gott. Dies musste ein Alptraum sein. Sie würde gleich erwachen. Ganz bestimmt.

Doch sie konnte ihren Blick nicht abwenden von dem Schrecklichen, das dort geschah. Jedes Detail saugte sie in ihr Inneres. Ihr Vater drückte weiter seine Hände um den Hals der Magd, bis diese sich nicht mehr rührte.

Sie lag still in seinem Arm. Er schien plötzlich zu sich zu kommen. Nun versuchte er wie ein Verrückter, sie zu wecken. Aber sie hing nur da. Er schluchzte und raufte sich das Haar. Er schaute sich hektisch um. Dann schob er den Körper unter den Busch, so dass er nicht mehr zu sehen war. Er strich sich über den Kopf und trat wieder hervor. Er sah sich um, ob jemand ihn gesehen hatte. Niemand regte sich im Hof. So ging er zum Schloss zurück und verschwand.

Katherine traute sich lange nicht aus ihrem Unterschlupf heraus. Dort drüben lag eine Tote. Nicht weit von ihrem Lieblingsplatz. Katherine musste unbemerkt von hier fortkommen. Ihr Vater durfte auf keinen Fall bemerken, dass sie alles gesehen hatte.

Alle Kindlichkeit und Unbedarftheit waren mit einem Schlag aus ihrem Leben verschwunden. Sie wartete noch mehrere Stunden, bis sie sich traute, zum Haus zu gehen. Peinlich genau achtete sie darauf, dass niemand sie sah.

Den restlichen Tag über mied sie den Hof.

Als sie am nächsten Morgen vorsichtig nach der Stelle spähte, an der die Frau gelegen hatte, war dort nichts mehr. Alles war wie immer. Auch ihr Vater war wie immer. Niemand wunderte sich über das Verschwinden der Magd. Es war durchaus üblich, dass manchmal Bedienstete einfach das Haus verließen, ohne ein Wort. Gerade diese Magd galt als nicht besonders zuverlässig, so erschien es keinem merkwürdig, dass sie weg war.

Katherine aber musste von nun an immer wieder zu ihrem Platz zurückkehren, und vor ihren Augen wiederholte sich ständig die fürchterliche Tat. Sie wurde schweigsam und ernst.

Seltsamerweise blieb dieser Hof trotzdem der einzige Ort, an dem sie sich für den Rest ihres Lebens wirklich sicher fühlte.

Heute war sie hier und sie war selber schwanger. Sie hatte in Erwägung gezogen das Baby abzutreiben, doch als sie nun hier im Hof saß und in sich hineinfühlte, festigte sich die Entscheidung, die sie zu treffen hatte. Und sie entschied sich für das Kind, für das Leben. Wie sie es immer getan hatte.

HERR WELT

Herr Welt war der Meinung, er sei der Herr über die Welt. Er meinte das ernst. Er glaubte selber fest daran. Und genau das vermittelte er auch anderen Menschen. Und die Menschen, die nicht so viel wussten von der Welt, hatte er im Sack.

Zuletzt scharte er eine Gruppe junger Mädchen um sich. Er nannte sie seine Mitarbeiterinnen. Sie waren allesamt vertrauenswürdige, sympathische, ernsthafte Personen. Das war sein Trick. Konnte er ein Gauner sein, wenn so viele junge Frauen ihm trauten?

Er war wie ein Vater zu ihnen. Er war überdurchschnittlich intelligent. Er stand ihnen mit Rat und Tat zur Seite. Mit unendlicher Lebenserfahrung, die er ihnen voraushatte. Er half ihnen beim Abschluss ihres Studiums und versprach ihnen das Blaue vom Himmel. Und sie glaubten es ihm, wollten es nur zu gern glauben.

Doch eine unter ihnen war misstrauisch. Franziska

wusste, dass er im Gefängnis gewesen war. Warum? Das wusste sie nicht. Aber sie war sehr vorsichtig. Er hatte ihr einen Job angeboten und da sie sich langweilte, betrachtete sie es als Experiment. Die Bezahlung sollte großartig sein. Sie hatte nichts zu verlieren und sie war neugierig. Sie war gespannt hinter die Kulissen zu schauen.

Seine rechte Hand war ein äußerst liebenswertes Mädchen. Dieses vertrat die Position des Herrn Welt derart überzeugend und mit Nachdruck, dass man ihm einfach glauben musste. Das Mädchen gefiel Franziska und sie wollte es näher kennen lernen. Also kündigte sie ihren alten Job und fing bei Herrn Welt an.

Herr Welt plante ein großes Unternehmen aufzuziehen. Zu diesem Zweck benötigte er erst einmal diverse Mitarbeiter. Doch im ersten Monat begnügte er sich noch mit Franziska und dem netten Mädchen. Man plante. Es wurde eine Wohnung angemietet. Franziska wurde das erste Mal ein bisschen komisch zumute, als dies unter falschem Namen geschah.

Doch sie beobachtete weiter und achtete peinlichst darauf, dass sie nichts unterschrieb. Bereits in ihrer vorherigen Tätigkeit bei einem Anwalt hatte sie ein für alle Mal gelernt, dass man niemandem trauen sollte.

Herr Welt behandelte seine Mitarbeiterinnen sehr gut. Jeden Mittag gingen sie in ein Restaurant. Auch morgens gab es ein wunderbares Frühstück. Ihre Hauptbeschäftigung war Essen. Franziska musste innerlich schmunzeln, wenn sie darüber nachdachte, wie gut sie dafür bezahlt wurde. Einen Sinn ergab das Ganze nicht. Sie konnte sich eigentlich nicht vorstellen, dass sie am Ende des Monats tatsächlich ihr Gehalt überwiesen bekam.

Herr Welt war der Meinung, es sei in erster Linie wichtig, dass seine Mitarbeiterinnen sich wohl fühlten. Daher wollte er ihnen ein paar ordentliche Firmenwagen besorgen. Sie gingen also alle zusammen zum Mercedeshändler und schauten sich S-Klassen an. Sie war sehr gespannt, ob er dort konkrete Bestellungen machen würde. Jedes Detail wurde verhandelt. Für ihre hochgestellten Gäste, die bald zu Hauf in ihrem Büro – zur Zeit noch die angemietete Wohnung – auftauchen würden, brauchten sie repräsentative Fahrzeuge, um diese vom Flughafen abzuholen und ihnen Hamburg zu zeigen. Für Franziska war es ausgesprochen unterhaltsam.

Herr Welt fragte auch seine Mädels genau nach ihren Wünschen. Sie fanden, dass sie für sich selbst doch lieber mit englischen Oldtimern durch die Gegend brausen wollten. Sie gingen also zu einer großen Firma mit einer Halle voller Oldtimer. Auch dort suchten sie sich konkrete Autos aus. Sie würden dann demnächst kommen, um die Fahrzeuge abzuholen. Hier unterschrieb Herr Welt sogar irgendwelche Formulare.

Franziska freute sich zwar auf ihren Oldtimer, aber sie glaubte nicht wirklich daran. Später feierten sie die Anschaffung der Fahrzeuge mit einem schönen Essen.

Herr Welt war der Meinung, dass er in dieser kleinen Wohnung selbstverständlich nicht bleiben konnte. Es wurde ein Haus gesucht. Das musste in einer erstklassigen Gegend liegen.

Er entschloss sich relativ schnell für ein Gebäude in

der Hochallee, welches groß genug war, um Büro und Privaträume in sich zu vereinen.

Herr Welt und seine rechte Hand gingen tatsächlich zum Notar und unterschrieben den Vertrag für das Haus. Das war nun doch hochgradig kriminell, denn beim besten Willen konnte Franziska sich nicht vorstellen, dass Herr Welt irgendwo die Millionen für das Haus aufbringen konnte. Innerlich distanzierte sie sich weiter. Doch sie wusste, diese Geschichte würde großartigen Erzählstoff liefern. Sie wollte dabeibleiben.

Tatsächlich bekam sie ihr Geld am Ende des Monats. Allerdings nicht in Form eines Gehaltzettels sondern auf selbstständiger Basis. Auch das passte ins Bild. Gab es keine echte Firma, konnte er natürlich auch nicht wirklich jemanden anstellen.

Doch Herr Welt suchte dringend weitere Mitarbeiterinnen. Und das nette Mädchen organisierte zwei weitere Studienabgängerinnen, die eingestellt wurden. Oder die zumindest glaubten, sie würden eingestellt. Diese Mädchen hatten auch nichts zu verlieren. Daher hielt Franziska sich weiterhin zurück und beobachtete nur.

Man zog nun in das Haus in der Hochallee um. Bedauerlicherweise hatte Herr Welt keine Möbel. Daher hauste er dort nur mit Matratze und dem Notdürftigsten. Einige alte Möbel, die man nutzen konnte, waren vom Vorbesitzer in dem Haus verblieben. Es war abenteuerlich.

Herr Welt beauftragte seine neuen Mitarbeiterinnen eine große Party im Hotel Atlantic zu organisieren. Diese sollte etwa in drei Monaten stattfinden. Er wollte seinen erlauchten Bekanntenkreis dorthin bitten, um die tatsächliche Eröffnung der Firma gebührend zu feiern.

Die Mädchen machten sich hoch motiviert an die Arbeit. Franziska war nun doch ziemlich entsetzt, denn diese hielten ihre Köpfe hin. Wenn das Fest platzen würde, könnten sie sich in Hamburg jedenfalls nicht mehr blicken lassen. Die beiden taten ihr leid. Franziska versuchte ihnen durch die Blume ihr Misstrauen mitzuteilen, doch sie wollten davon nichts hören. Also nahmen die Dinge ihren Lauf.

Herr Welt hatte unglücklicherweise nicht darauf geachtet, von wem er das Haus in der Hochallee gekauft hatte. Es handelte sich, wie sich nun herausstellte, um einen Spielhallenbesitzer von der Reeperbahn. Der wartete ziemlich ungeduldig auf sein Geld und als nichts kam, schickte er dubiose Mitarbeiter, die vor der Tür des Hauses mit einer Pistole herumfuchtelten und drohten.

Man entschloss sich daher, doch lieber wieder in die kleine Wohnung zurückzuziehen, was dann auch geschah.

Im Vertrauen teilte Herr Welt Franziska nun mit, was sein eigentlicher Beruf war: Er verwaltete das US-Vermögen. Jawohl, richtig gehört. Daher musste auch alles immer so geheim zugehen, denn das durfte niemand wissen. Wir alle müssten nun doch dringend die Wohnung auf Vordermann bringen, denn für die nächste Woche erwartete er Condolezza Rice, die US-Außenministerin, die auf ein kurzes Stelldichein vorbeikommen würde.

Das war der entscheidende Moment für Franziska.

Nun war klar, dass dieser Mann komplett verrückt sein musste. Obwohl sie zugeben musste, dass er eine derartige Überzeugungskraft besaß, dass man ihm selbst das fast abnahm. Die Anderen taten es jedenfalls und es wurde in den kommenden Tagen fieberhaft gearbeitet. Der Besuch von Condolezza verzögerte sich immer wieder. Schade, Franziska hätte sie gern kennen gelernt.

Sie war sehr gespannt, wie Herr Welt das Geld für vier Mitarbeiterinnen aufbringen würde, doch immer noch platzte die Bombe nicht. Im Gegenteil, es wurden weitere Mitarbeiterinnen gesucht. Herr Welt benötigte dringend jemanden für die Personalabteilung. Es wurde eine Frau angeworben, die seit dreizehn Jahren in einer leitenden Position eines Kaufhauses arbeitete. Sie war allein erziehend und hatte zwei Kinder zu ernähren. Als Franziska das hörte, war für sie die Grenze erreicht. Das konnte und wollte sie nicht mehr mitmachen, denn hier wurde ihrer Meinung nach jemand ernsthaft geschädigt.

Franziska bat Herrn Welt um ein Gespräch. Sie wollte

sich ausklinken, aber nicht ohne ihm vorher noch ins Gesicht zu sagen, was sie von seinen Machenschaften hielt. Und genau so geschah es. Doch noch immer ließ Herr Welt sich nicht von seinem Lügengebäude abbringen. Er steuerte weiter das Boot in den Strudel und riss diese armen, unschuldigen Mädchen mit sich. Franziska verließ mit sofortiger Wirkung die „Firma". Ihr „Gehalt" für den letzten Monat bekam sie nun natürlich auch nicht mehr.

Später hörte Franziska, dass die ganze Gruppe in der Wohnung gestellt und Herr Welt verhaftet worden war. Er war aus seinem Hafturlaub nicht zurückgekehrt und die ganze Zeit gesucht worden. Sie war froh, dass seinen Machenschaften somit ein Ende gesetzt wurde. Auch später staunte sie noch häufig über seine unvorstellbaren Geschichten, von denen hier nur einige erwähnt wurden. In ihrem Leben blieb es ein unvergessliches Abenteuer.

KOPFLOS

Sie trat aus der Tür. Was hatte sie doch gleich gewollt? Sie sah sich um. In diesem Moment wusste sie nicht, wo sie war. Verzweifelt kramte sie in ihrem Gedächtnis. Nichts. Verwirrt griff sie sich in die Haare. Ihr Blick flimmerte, ihre Augen zuckten wild hin und her. Unsicher führte sie ihre rechte Hand zum Mund, dem sich ein stummer Schrei entrang. Ihr Gesichtsausdruck signalisierte Todesangst. Sie zitterte und bebte wie ein dürrer Ast. Sie drehte sich hektisch im Kreis. War sie aus dieser Tür gekommen? Wohin wollte sie? Sollte sie zurückgehen? Wohin zurück? Sie suchte nach etwas Bekanntem, nach einem Gesicht vielleicht. Doch ihr Gehirn ließ sie allein. Eine wimmernde Hülle. Eine Seele, die sich selbst nicht mehr kannte.

Mit wackeligen Schritten stolperte sie vorwärts. Gerade noch rechtzeitig hielt sie ein Mann an ihrer dünnen Bluse zurück. Beinah wäre sie auf die Straße gelaufen.

Wütend versuchte sie sich loszureißen.

„Lassen Sie das! Gehen Sie weg, fassen Sie mich nicht an!" Sie war entrüstet, aufgebracht. So eine Unverschämtheit. Was wollte dieser fremde Lüstling von ihr?

„Entschuldigen Sie, Sie wären um ein Haar auf die Straße gelaufen. Da kommen Autos. Soll ich Ihnen vielleicht behilflich sein, Sie über die Straße begleiten?"

Der Mann hielt sie immer noch fest. Sie überlegte schnell, ob sie sich befreien konnte, doch sie war so schwach geworden in letzter Zeit. Ihr knochiger Arm schmerzte fast von dem Griff. Sie wollte auf keinen Fall, dass der Mann merkte, dass sie nicht wusste, wo sie war. Möglicherweise würde er sie entführen oder gar umbringen.

Die Tür hinter ihnen öffnete sich plötzlich und heraus kam eine Frau mit Schürze und Pantoffeln.

Was für eine unmögliche Person, dachte sie, in diesem Aufzug auf die Straße zu gehen. Überheblich betrachtete sie diese schreckliche Erscheinung.

„Frau Weber, sind Sie schon wieder weggelaufen?

Sie wissen doch, dass Sie nicht allein auf die Straße gehen sollen. Kommen Sie jetzt bitte wieder mit rein."

Die Frau mit den Pantoffeln wandte sich an den Mann: „Frau Weber ist krank. Sie hat eine schlechte Orientierung. Danke, dass Sie sie festgehalten haben. Sie versucht andauernd wegzulaufen und kaum ist sie auf der Straße, hat sie keine Vorstellung davon, wo sie ist. Alzheimer, wissen Sie? Ständig muss ich sie suchen und irgendwo wieder auflesen. Und dann sind diese Menschen auch noch halsstarrig dabei und beschimpfen einen hinterher. Das ist manchmal wirklich nicht einfach."

Der Mann geleitete die beiden Frauen mit einem verständnisvollen Nicken zur Tür. Die Tür fiel hinter ihnen ins Schloss und er musste an seine eigene Großmutter denken, die genau so am Ende ihres Lebens in eine fremde Welt entschwand.

Er musste lächeln.

Trotz des Schreckens, den diese Krankheit immer wieder auslöste, entbehrte sie doch auch nicht einer gewissen Komik.

DAS GESPENST VON AUCH

1992 kam Gilbert nach Auch. Anton, ein guter Freund, hatte den Auftrag erhalten, die Orgel in der Kathedrale zu restaurieren und ihn um Mithilfe gebeten.

Der Ort Auch war ihm unbekannt gewesen, doch nun erkundigte er sich. Und was er herausfand, gefiel ihm. Auch war ein verschlafenes Nest im Departement Gers, mitten in der Gascogne. Das war nicht immer so gewesen. In der Blütezeit der Kirchen vor einigen Jahrhunderten, als die Pilger den Jacobsweg zu Hunderttausenden frequen-tierten, war Auch ein belebtes Städtchen. Seine gewaltige Kathedrale zeugte noch heute davon. Es war einer der Hauptorte auf dem Weg von Frankreich nach Spanien. Man hatte für den Bau der Kirche etwa drei Jahrhunderte benötigt. Die Kathedrale war aus Sandstein gebaut, wie alle alten Gebäude hier. Doch Sandstein war empfindlich. Besonders empfindlich gegenüber Tauben-dreck und Abgasen. Die Fassade war völlig zerfressen und es wurde langsam gefährlich, da sich große Brocken lösten und auf die Straße stürzten. Das war nicht gerade förderlich für den Tourismus.

Das kleine Auch war entschlossen, endlich aus seinem ewigen Dornröschenschlaf zu erwachen. Der Hauptmagnet war natürlich die Kathedrale.

Doch auch das übrige Örtchen konnte sich sehen lassen. Der mittelalterliche Stadtkern war fast unversehrt erhalten. Hier im Süden Frankreichs war keine Bombe gefallen. Keine modernen Stadtherren hatten beschlossen, ihre Stadt umzuwandeln. Das warme Gelb des Sandsteins erstrahlte in der Sonne, und man fühlte sich unwillkürlich in ein anderes Jahrhundert versetzt.

So entschloss sich Gilbert nach kurzem Überlegen, dem Ruf Antons zu folgen und sich auf den Weg zu machen.

Als er in Auch ankam, wurde er mit offenen Armen empfangen. Im Gegensatz zu den Nordfranzosen war man hier Fremden gegenüber nicht so skeptisch, und schnell fühlte er sich heimisch.

Zuerst wohnte er noch bei seinem Freund, doch bald fand er eine eigene schöne Wohnung. Die Wohnung war zwar klein, hatte aber riesige Fenster mit Petits Carreaux, den kleinen Sprossen. Das alte Glas bewirkte, dass sich die Sonne in den Scheiben brach, was wunderbar aussah. Obwohl die Häuser sehr nah beieinander standen, hatte er reichlich Licht, weil die Wohnung im dritten Stock lag.

Zu Fuß war er in wenigen Minuten an der Kathedrale. Das war wichtig, denn dort würde er ja von nun an die meiste Zeit verbringen. Und er wollte zumindest zum Mittagessen nach Hause gehen können. Wie bei allen Franzosen war auch ihm das Mittagessen heilig und Punkt zwölf brach er auf, um in aller Gemütsruhe zu speisen.

Schon bald hatte sich eine Routine eingespielt. Die Arbeit machte ihm viel Spaß. Die Orgel der Kathedrale war ein ganz besonderes Instrument und Gilbert interessierte sich sehr für alte Instrumente. Sie war allerdings in sehr schlechtem Zustand. Die Erfüllung ihres Auftrags würde mit Sicherheit Jahre dauern. Aber er empfand es als besonderes Privileg, jeden Tag in dieser einzigartigen

Kirche die kleine Treppe nach oben steigen zu dürfen und damit sozusagen ihr Innenleben zu betreten.

Bisher hatte er noch keine Zeit dazu gehabt, aber er hatte sich fest vorgenommen, auch einmal die Türme zu besteigen. Die Kathedrale hatte zwei gigantische Glockentürme, von denen im Moment nur einer genutzt wurde. Der Nordturm war seit Jahrzehnten verschlossen, die dortige Glocke wurde nicht betätigt.

Anton stand ein Schlüsselbund mit diversen alten Schlüsseln zur Verfügung,. Einer dieser Schlüssel musste in das Schloss zur Tür des zweiten Glockenturms passen. Gilbert wollte unbedingt dort hinauf, allein um die Aussicht zu genießen, die sich dort oben zwangsläufig über Auch erstrecken musste.

„Du kannst doch erst einmal den Südturm ersteigen. Das ist schon aufregend genug. Die Treppe ist ziemlich baufällig. Du solltest schon schwindelfrei sein. Dann kannst du dir auch gleich unsere riesige Glocke anschauen. Und sei vorsichtig, wenn du oben bist. Du weißt ja, die Balustrade ist nicht gerade stabil."

Mit diesen Worten drückte Anton ihm das Schlüsselbund in die Hand.

„Ich rechne dann ungefähr in einer Stunde wieder mit
dir."

Gilbert machte sich an den Aufstieg. Er schätzte, dass
Anton übertrieben hatte. Er glaubte nicht, dass er länger
als zehn Minuten brauchen würde, um oben anzukommen.
Den passenden Schlüssel hatte er schnell gefunden.

Hinter der Tür öffnete sich eine solide Steintreppe,
die sich als Wendeltreppe nach oben schlängelte. Also los.
Zügig kam er voran. Doch nach einigen Windungen
endete der Weg, und er musste auf eine wackelige Holztreppe umsteigen. Diese hatte nicht einmal ein Geländer,
sondern wurde nur durch ihr Gestell gehalten. Nun wurde
ihm doch etwas mulmig. Man musste sich konzentrieren.
Wenn man hier stolperte, würde es gefährlich werden,
denn man fiele verdammt tief. Er entschloss sich, nur nach
oben zu sehen und verdrängte die Vorstellung, dass er
später hier wieder runter musste.

Da erblickte er die Glocke. Sie war so groß wie ein

kleines Haus. Das Metall war unglaublich dick. Er konnte sich überhaupt nicht vorstellen, wie es möglich gewesen war, vor Jahrhunderten dieses Monstrum gebaut, geschweige denn es hier heraufgeschafft zu haben. Zweifelnd betrachtete er die Konstruktion, an der die Glocke hing. Unwillkürlich musste er sich vorstellen, was passieren würde, wenn dieses Ding abreißen und den Turm hinuntersausen würde. Diese Glocke wurde ja auch regelmäßig geläutet und war dementsprechend starker Bewegung ausgesetzt.

Er unterdrückte den Gedanken und stieg weiter.

Nach endlosen Stufen wurde die Konstruktion immer leichter und baufälliger. Sah er nach oben, glaubte er aber das Ende der Treppe sehen zu können. Er musste gleich am Ziel sein.

Da stieß er auf eine kleine Tür. Sie ließ sich einfach öffnen und er trat endlich auf die Balustrade. Genau wie er vermutet hatte, wurde sein Aufstieg mit einem einzigartigen Blick belohnt. Man konnte nicht nur Auch sehen. Nein, weit über die Ebene hinaus reichte der Blick bis zu den Pyrenäen. Heute war die Luft besonders klar und er konnte tatsächlich die schneebedeckten Berge sehen. Sein Herz öffnete sich bei dieser Aussicht. Das war pures Glück. Er vergaß die Zeit. Als er sich an den Abstieg machte, waren bereits eineinhalb Stunden vergangen, doch das hatte er nicht bemerkt.

Das Hinaufgehen war einfach gewesen. Treppab ging es wesentlich langsamer, denn man musste tatsächlich gegen den Schwindel auf diesen wackeligen Stufen ankämpfen. Wo er konnte, klammerte er sich an das Gerüst der Treppe, aber immer wieder musste er loslassen und freihändig weiter hinabsteigen. Es war scheußlich. Als er endlich unten angekommen war, war er völlig erschöpft.

Als Anton ihn sah, warf er einen Blick auf seine Uhr.

„Meine Güte, du warst über zwei Stunden da oben unterwegs. Hast du einen Geist gesehen? Ich dachte immer, es spukt nur im Nordturm. Du siehst ja furchtbar aus."

„Es war halt anstrengend. Du warst doch selber

schon oben. Vor allem das Runtergehen ist wirklich unangenehm."

Er musste sich erst einmal erholen.

Nach wenigen Tagen dachte er schon wieder an den zweiten Turm. Er hatte fast vergessen, wie mühsam es gewesen war, den benutzten Turm zu ersteigen, und sein Ehrgeiz war geweckt. Außerdem war er neugierig. Irgendwie zog ihn dieser zweite Turm wie magisch an. Er wollte unbedingt hinauf.

Am Wochenende würde er einen Versuch starten. Er lieh sich Antons Schlüssel. Am Sonntag wartete er, bis die Kathedrale nachmittags geschlossen wurde. Er wollte sie für sich allein haben.

Gilbert stieg zur Orgel. Und ging zur rechten Turmtür. Er probierte diverse Schlüssel und endlich passte einer. Er hatte vorsorglich ein Ölspray mitgebracht, da er vermutete, dass sich das Schloss nicht rühren würde. Doch mit Hilfe des Mittels funktionierte es nach einiger Zeit und er konnte die Tür öffnen. Sein Herz schlug ihm bis zum Hals.

Er war so aufgeregt wie selten. Hinter der Tür sah er genau so ein Treppenhaus wie auf der anderen Seite. Eine Wendeltreppe aus Stein, die nach oben führte. Also los. Er atmete tief durch und machte sich auf den Weg.

Wie auf der anderen Seite endete auch hier die Steintreppe nach einigen Windungen und ging in eine Holztreppe über. Alles war voller Staub und Spinnweben. Hier war seit Ewigkeiten niemand mehr gewesen. Noch viel vorsichtiger als auf der anderen Seite ging er weiter. Er prüfte jede Stufe auf ihre Haltbarkeit. Sehr langsam kam er voran. Das Holz knarrte und krachte, dass ihm zwischendurch angst und bang wurde. Ein leichtes Zittern unterdrückte er. Er schwächelte und musste sich zusammenreißen, denn er wollte unbedingt nach oben.

Schritt für Schritt kämpfte er sich voran. Er schnaufte und spürte langsam jeden Muskel. Die Stufen schwankten unter ihm. Wieder konzentrierte er sich nur auf den Weg nach oben. Warum nur kam ihm hier der Weg noch viel länger vor?

Nach einer Ewigkeit erreichte er die Glocke. Völlig

eingestaubt hing sie in ihrer Verankerung. Hier erschien ihm die Wahrscheinlichkeit noch viel größer, dass sich das System auflösen und die Glocke hinabstürzen könnte. Er staunte über die Verantwortlichen, die anscheinend über Jahrzehnte eine solche Möglichkeit komplett ignorierten.

Vorsichtig ging er an der Glocke vorbei und weiter nach oben. Die eine oder andere Stufe musste er jetzt überspringen, da sie zerbrochen war. Das Gebälk, das die Treppe zusammenhielt, war teilweise mit Seilen geflickt worden. Das Ganze wirkte auf ihn, als würde es sich bei der kleinsten Bewegung auflösen. Er fragte sich mittlerweile, ob er hier jemals wieder hinunter kommen würde. Egal, erstmal weiter hoch.

Endlich sah er das Ende der Treppe. Auch hier war eine Tür. Als er versuchte, sie zu öffnen, war die Tür verschlossen. Hoffentlich hatte er den Schlüssel an seinem Bund. Sonst wäre der ganze Weg umsonst gewesen.

Nach etlichen Versuchen fand er zum Glück den passenden Schlüssel und die Tür ließ sich leicht öffnen. Das fand er wiederum merkwürdig, aber er war nun doch schon zu angestrengt, um sich darüber Gedanken zu machen.

Er trat auf die Balustrade hinaus und wie drüben auf dem anderen Turm belohnte ihn der großartige Ausblick. Er wollte einmal um den Turm herum gehen, um ringsum sehen zu können. Vorsichtig kletterte er den schmalen Weg entlang. Als er um die Ecke bog, erstarrte er.

Es war schrecklich. Da lag jemand. Grotesk waren seine Glieder verrenkt. Der Körper war mit Gewalt zwischen die Balustrade und die Wand gezwängt worden. Die Zersetzung hatte ihren Lauf genommen und es waren fast nur noch Kleider und Knochen übrig. Gilbert wurde von einem Gefühl übermannt, das ihn unkontrolliert durchschüttelte. Niemals hatte er sich so allein gefühlt. Er bekam solche Angst, dass er die Fassung verlor. Gilbert war sich sicher, dass es sich hier um einen Mord handelte. Er hatte keinerlei Erfahrung mit Toten. Er wusste nicht, wie lange diese Leiche hier schon lag. Jahrhunderte waren es jedenfalls nicht, dann wäre wohl nichts von ihr übrig.

Montagmorgen stand Anton vor der Kathedrale und wunderte sich darüber, dass Gilbert nicht da war. Er hatte ihm am Wochenende die Schlüssel geliehen, weshalb er jetzt nicht hinein kam. Er musste auf die Kirchenleute warten, die ihn schließlich einließen. Anschließend versuchte er in den rechten Turm zu kommen, doch dieser war wie immer verschlossen. Die einzigen Schlüssel für die Türme waren an seinem Schlüsselbund gewesen und das war mit Gilbert verschwunden. Später, als Gilbert immer noch nicht auftauchte, öffnete die Polizei die Tür gewaltsam und man stieg nach oben. Es gab keinerlei Spur von Gilbert oder den Schlüsseln. Er war wie vom Erdboden verschluckt.

Einige Jahre später wurde das Dach des Kirchenschiffes erneuert. Die Arbeiter machten einen grausigen Fund. Sie entdeckten den Körper eines Toten. Man rekonstruierte, dass dieser von der Balustrade des Nordturms gefallen und so unglücklich zwischen Turm und Kirchenschiff aufgeprallt sein musste, dass ihn niemand entdeckt hatte. Nach kurzer Untersuchung identifizierte man Gilbert Bousquet, der elf Jahre zuvor verschwunden war. Merkwürdig an dem Fall war, dass das Schlüsselbund, das Gilbert damals dabei gehabt haben musste, verschwunden blieb.

KLEIDER MACHEN LEUTE

Katzen haben neun Leben.

Ich hatte schon mindestens zwanzig.

Kurzer Prozess ist meine Spezialität.

Man ist ja anspruchsvoll.

Kompromisse Fehlanzeige.

Konfliktbewältigung, was ist das?

Adieu und weiter geht's.

Ich hatte mich tatsächlich verliebt. Nicht wirklich versteht sich, ich weiß gar nicht, was das ist. Mein anvisiertes Opfer war groß, blauäugig und nur ein ganz kleines bisschen hässlich. Und es hatte vor allem eins: das nötige Kleingeld. Denn wenn ich etwas hasste, dann waren es Männer, die auf meine Kosten leben wollten.

Ich hatte geerbt. Ein nicht unerhebliches Sümmchen, das mir ein sorgenfreies Dasein ermöglichte. Ich war allerdings nicht bereit, dieses Leben mit anderen zu teilen.

Warum auch? Ja, ich gebe zu, ich bin eine Egozentrikerin. Ich verachte Abhängigkeiten. Ich liebe die Freiheit. Allerdings, so ganz allein macht es eben keinen Spaß.

Also gehe ich unvernünftigerweise immer wieder Beziehungen ein, die ich eigentlich gar nicht brauche. Aber genug - zurück zu Paul.

Leider war unsere gemeinsame Zeit zum Scheitern verurteilt.

Sein Verderben war die karminrote Strickjacke, die er immer in seiner Freizeit anhatte. Niemand konnte erwarten, dass ich das auf die Dauer ertrug. Meine dezenten Hinweise, dass diese karminrote Strickjacke im wahrsten Sinne des Wortes ein rotes Tuch für mich wurde, ignorierte er penetrant. Wundert sich irgendjemand darüber, dass ich das einfach nicht aushielt?

Kein noch so interessantes Gespräch konnte mich von diesem Anblick ablenken. Ich konnte an nichts anderes mehr denken, sobald er in seinem Freizeitlook erschien. Die karminrote Strickjacke hatte auch noch ein unübersehbares Manko: Einen Flecken, dunkelbraun, der kurz über dem Bündchen am Bauch thronte. Es war schrecklich. Ein Alptraum. Wie ein Gespenst geisterte Paul in seiner Strickjacke durch meine Gedanken. Verfolgte mich auf Schritt und Tritt. Waberte durch meine Fantasie. Irgendwann sah ich ihn hinter jedem Busch, hinter jeder Häuserecke. Hing die Jacke auf einem Bügel an jedem Baum. Es war entsetzlich. Ich musste etwas unternehmen. Die Strickjacke oder ich. Es gab keinen anderen Weg.

Schließlich gab ich mir einen Ruck und forderte ihn zur Aussprache.

Wir trafen uns abends zu einem gepflegten Essen in seiner Wohnung. Ich brauche wohl nicht zu erwähnen, in welchem Aufzug er mich empfing.

Ich muss zugeben, dass mir in diesem Moment doch tatsächlich die Kraft fehlte, die Wahrheit zu sagen.

Wir laberten die üblichen Floskeln herunter, wenn man ein Ende finden will und als ich ging, sah ich ihn im Türrahmen stehen. Die Jacke im Lichtschein von hinten als Silhouette, ganz schwarz.

HALLO, ICH HEISSE MARTY

Hallo, ich heiße Marty und ich bin ein Parson Jack Russel Terrier. Sie wissen schon, die Hochbeinigen. Ich wohne in England. Das ist sehr schön, denn England ist ein typisches Hundeland. Die Engländer leben mit ihren Hunden als wären sie Menschen. Das ist für unsereins sehr angenehm.

Mein Frauchen heißt Mrs Chatterley, aber ich nenne sie nur Piggy. Sie ist klein und dick und hat eine ganz rosa Haut, eben wie Miss Piggy. Sie schreibt Bücher. Den halben Tag sitzt sie an ihrem Schreibtisch und tippt in ihren Computer. Aber den anderen halben Tag sind wir am Wasser unterwegs oder streunen gemeinsam auf dem Grundstück oder im Haus herum. Kurzum, sie steht mir zur Verfügung. Es ist klar, wir verbringen vierundzwanzig Stunden am Tag miteinander.

Meistens liest sie mir ihre Geschichten vor. Ich liebe das sehr, denn wir liegen dann immer gemeinsam auf dem

Sofa. Sie hat eine sehr angenehme Stimme und mit einer Hand krault sie mich unablässig, während sie liest und ich zuhöre. Habe ich Glück, holt sie ein paar Kekse aus dem Schrank. Die verspeisen wir dann.

Unser Leben war immer ausgesprochen fröhlich, angenehm und unbekümmert bis, ja, bis zu dem Tag, von dem ich jetzt erzählen will.

Es war Sonntag. Am Sonntag schreibt Piggy nie. Sonntag nimmt sie sich frei. Meistens sieht sie am Abend vorher noch lange fern und schläft dann aus. Sie hat nicht viele Freunde. Sie lebt lieber für sich, zurückgezogen. Selten kommt jemand zu Besuch, und noch seltener bleibt jemand über Nacht.

So liegt sie auch an diesem Sonntagmorgen gemütlich im Bett und schlürft ihren Tee. Dazu serviert sie uns einige besonders köstliche Kekse mit einer Zuckerschicht, die so herrlich knirscht, wenn man sie kaut. Auch ich war an diesem Sonntagmorgen sehr zufrieden. Die Sonne schien auf das geblümte Bettzeug und sah man hinaus, stellte man fest, dass es ein herrlicher klarer Tag war.

Wohl auch aufgrund dessen war Piggy an diesem Sonntag sehr unternehmungslustig und sprang bald fröhlich aus dem Bett. Ich hätte noch ein Weilchen liegen bleiben können, aber gut. Ein Spaziergang lockte mich immer.

Ich wartete geduldig, bis sie sich geduscht und angezogen hatte und schon ging es los. Ausgelassen stürmte sie Richtung Meer.

Ja, ich weiß. Ich bin zu beneiden. Wir haben ein tolles Haus mit einem wunderbaren Garten und wohnen dann auch noch direkt am Meer. Ich rase also kläffend durch das Gartentor Richtung Strand. Vielleicht würden wir sogar andere Hunde treffen. Am Wochenende war das durchaus wahrscheinlich, denn die Städter kamen zum spazieren gehen.

Die meisten Strandläufer kommen allerdings erst nachmittags, denn der Weg von der Stadt aus ist weit und so müssen sie schon eine Weile fahren, bis sie hier sind.

Wir erreichten ohne einen Zwischenfall den Strand.

Keine Menschen, keine Hunde weit und breit. Ich war sicher, dass am Strand zumindest einige Vögel waren, die ich jagen konnte. Und so war es auch. Ich sauste am Ufer entlang und wurde klatschnass. So ein Spaß.

Piggy ging mit ausladenden Schritten dahin. Sie hatte anscheinend vor, heute eine größere Wanderung zu machen. Wir waren ungefähr eine halbe Stunde unterwegs, da sah ich den ersten Spaziergänger. Er kam uns entgegen und bewegte sich auch ziemlich schnell. Ich schaute, ob ich möglicherweise einen Hund entdecken konnte. Tatsächlich! Ich war ja schon relativ klein, aber das, was mir da entgegen kam, war kaum noch als Hund zu identifizieren.

Ein winziges Etwas kam auf dürren Beinchen daher. Fast nackt auch noch. Nur am Kopf und an der Schwanzspitze wuchsen ein paar spärliche lange Härchen. Es sah erbärmlich aus.

Mein Frauchen begrüßte den Mann freundlich und beugte sich zu diesem scheußlichen kleinen Wesen hinunter, um es zu streicheln. Igitt, wie konnte man nur diese ekelhafte nackte fleckige Haut anfassen. Das kleine Monster hatte offenbar meinen abfälligen, entsetzten Blick bemerkt. Es setzte eine höhnische Miene auf und sagte schnippisch: „Was gibt's? Du musst ja etwas Fürchterliches gesehen haben, bei deinem Gesichtsausdruck."

Jetzt hieß es geistesgegenwärtig zu bleiben. Schließlich war ich trotz allem selbst Engländer. Eine gewisse Höflichkeit war Pflicht. Ich räusperte mich, um Zeit zu gewinnen und entgegnete dann so normal wie möglich: „Ach, es ist alles bestens. Ich glaube, ich bin auf eine Muschel getreten. Das tat unheimlich weh." Und ich verzog nochmals das Gesicht. Hochmütig blickte das kleine Geschöpf zu mir auf. Allein das passierte mir nie. Ich war immer der Kleinste.

„Das ist Kimberley", sagte da gerade der Mann zu Piggy gewandt.

„Ich habe Sie noch nie hier gesehen. Gehen Sie öfter hier spazieren?", fragte Piggy daraufhin. Der Mann lächelte. „Wir sind gerade hierher gezogen. Ab jetzt ganz sicher. Ich wohne da hinten, direkt hinter der Klippe."

Und er deutete mit dem Arm hinter sich.

„Das ist ja nett. Ich wohne auch hier und dies ist übrigens Marty." Piggy tätschelte meinen Kopf. „Wenn Sie Lust haben, können wir ja gemeinsam ein Stückchen gehen." Das passte mir gerade gar nicht und ich dachte säuerlich: ‚Jetzt muss ich mit diesem Nacktfrosch durch die Gegend laufen. Hoffentlich sieht das niemand. Ist ja peinlich. Was soll ich bloß mit der reden?'

Klar war der Mann sofort einverstanden. Er drehte um und ging nun mit uns mit. Mir war der Spaß am Spazierengehen verdorben. Ich wäre am liebsten gleich umgekehrt und nach Hause gelaufen. Aber das war das Los des Hundes. Letztendlich wurde gemacht, was Herrchen oder Frauchen wollten. Meistens war das ja okay, aber heute...

Kimberley schien meine schlechte Laune vollkommen egal zu sein. Vielleicht ignorierte sie diese auch einfach. Jedenfalls trottete sie fröhlich pfeifend neben mir her und sagte dann, gar nicht mehr zickig: „Ich könnte heute die ganze Welt umarmen. Hier ist es so schön. Wir haben vorher in der Stadt gewohnt. Dort gab es nur Beton. Zwar hatte ich immer was zu schnüffeln, aber diese Weite hier, diese frischen Gerüche, dieses unvergleichliche Licht. Was für eine Gegend." Und sie sog die Luft ein mit ihrer winzigen schwarzen Nase.

„Frierst du gar nicht?", fragte ich nun auch etwas freundlicher.

„Na ja, es ist schon ein bisschen kalt, im Winter habe ich einen Mantel, aber jetzt geht es noch. Ich kann ja rennen, wenn ich friere, oder bei Herrchen in die Jacke krabbeln."

Ich sah sie nun mitleidig an. Einen Mantel. Sie war ein Mädchen, da ging das natürlich noch, aber ich hätte im Leben niemals einen Mantel angezogen. Diese Städter!

Ihr Herrchen und mein Frauchen schienen sich blendend zu unterhalten. Sie hatten uns völlig vergessen und waren in ein Gespräch vertieft. Besorgt registrierte ich, dass Piggy sich sogar untergehakt hatte. Das war sehr ungewöhnlich für sie. Normalerweise hatte sie eine Distanz zu anderen Menschen, die sie nur schwer überwinden konnte. Sie war wie umgewandelt. Ich musste allerdings zugeben, dass dieser Mann wirklich sympathisch war, sehr zu meinem Missfallen. Ich mochte es nicht besonders, wenn Piggy sich anderen Menschen anschloss. Da blieb weniger Zeit für mich.

Wir gingen immer weiter. Die kleine Hündin hatte eine erstaunliche Kondition. Das hatte ich ihr gar nicht zugetraut. Sie plauderte ungezwungen mit mir und ich entspannte mich zusehends in ihrer Gegenwart. Sie kam mir auch gar nicht mehr so hässlich vor. Eigentlich sah sie sogar ganz niedlich aus, mit ihrem strubbeligen Köpfchen. Sie schien auch nicht besonders verwöhnt. Ich hatte sie direkt in die Schoßhundschublade einsortiert. Das war wohl ein Fehler gewesen.

„Wir sind gleich bei mir zu Hause. Darf ich Sie auf einen Tee einladen?"

Meine Alarmglocken schrillten in den höchsten Tönen. Das ging doch entschieden zu weit. Ich fiel buchstäblich aus allen Wolken, als Piggy ohne zu zögern einwilligte. Nun wusste ich, dass etwas im Busch war. Hier war nichts mehr normal. Äußerste Aufmerksamkeit war vonnöten.

Zu viert kraxelten wir den Felsen hinauf und vor uns lag ein kleines Häuschen. Vor dem Häuschen blühten die schönsten Sommerblumen. Es sah bezaubernd aus. Verstohlen blickte ich zu Piggy auf und sah ihr entzücktes Gesicht. Sie liebte Blumen und ich wusste, dass sie auch ein Faible hatte für Cottages. Unser Haus war groß und weitläufig mit einem Garten eher wie ein Park. Dies war so klein und gemütlich.

Auch mir gefiel es sehr gut.

„Das ist ja zauberhaft!", rief Piggy auch gleich. „Wie im Märchen."

„Was glauben Sie, warum ich dieses Häuschen haben musste. Ich habe mich sofort verliebt. Und dann hat man noch diesen einmaligen Blick auf das Meer. Ich glaube, hier kann ich glücklich sein." Der Mann sah Piggy eindringlich an und sie erwiderte seinen Blick. Ich spürte die Energie zwischen ihnen. Auch Kimberley schaute auf die beiden. Verschwörerisch grinste sie mich an.

„Da entwickelt sich wohl gerade etwas.", sagte sie und wie zufällig berührte sie mich, während sie durch das kleine Tor als erste den Garten betrat. Ich stellte fest, dass mir das nicht unangenehm war und so folgte ich ihr.

Dieses war ihr Revier. Ich musste erst einmal ausgiebig schnuppern. Hier roch es so gut. Der Blumenduft mischte sich mit der Salzbrise des Meeres. Es gab nichts Belebenderes.

Vor dem Haus war eine kleine Terrasse und der Mann bot Piggy an, sich zu setzen. Ich wusste, sie würde lieber erst einmal ins Haus gehen und alles erkunden. Ich war gespannt, ob sie zu höflich war, danach zu fragen. Aber nein, meine Piggy, die sonst so schüchtern war, sagte direkt, sie würde gern mit hineingehen und das Haus anschauen. Die beiden verschwanden durch die Haustür.

Kimberley sah mich aus halb geschlossenen Lidern an. „Wollen wir uns ein bisschen sonnen? Hier ist ein ganz besonderer Platz. Es ist so angenehm. Probier mal. Leg dich zu mir. Du wirst sehen, wie schön das ist."
Ich konnte nicht widerstehen. Ich war jetzt auch ein wenig

müde und benebelt und die Aussicht auf ein Nickerchen war verlockend. Also legte ich mich auf den warmen Holzfußboden der Terrasse. Es war einfach himmlisch. Kimberley kuschelte sich an mich und wieder musste ich feststellen, dass mir das äußerst wohl tat. Ich schloss die Augen und döste ein. Was für ein Tag.

Als ich erwachte, war Kimberley verschwunden. Auch Piggy sah ich nicht oder Kimberleys Herrchen. Ich musste ziemlich lange geschlafen haben. Die Sonne war weit herumgekommen. Es war Mittag. Der Geruch war jetzt ganz anders als noch heute Morgen. Ich hob den Kopf und witterte. Irgendetwas stimmte nicht.

Die Haustür stand offen. Ich roch Gefahr. Vorsichtig schlich ich Richtung Tür. Ich spähte hinein. Ich war vorher nicht mit im Haus gewesen, kannte also die Räumlichkeiten nicht. Wo war Kimberley? Wo war Piggy? Sie würde niemals ohne mich irgendwo hingehen. Folglich musste sie noch in der Nähe sein. Doch ich hörte keine Stimmen, kein Atmen.

61

Ich untersuchte jeden Raum. Das Haus war leer. Es gab unendlich viele Spuren, die sich überlagerten. Ich versuchte Piggys Duft zu identifizieren, aber da war etwas anderes, Fremdes. Es lag über dem ganzen Haus. Penetrant. Intensiv. Und dann fiel es mir ein. Es war der unverkennbare Geruch von Angst. Ich hatte ihn lange nicht mehr gerochen, doch hier war er stärker als alles andere, was mir in die Nase stieg. Das Haus hatte auf der anderen Seite einen Ausgang. Die Tür war nur angelehnt. Ich wusste, ich musste diesem unangenehmen Aroma folgen, wollte ich mein Frauchen wiederfinden und das war das Wichtigste!

Witternd bewegte ich mich vorwärts und kam auf der anderen Seite des Häuschens auf einen kleinen Platz. Ein alter Mini parkte dort. Der gehörte sicher Kimberleys Herrchen. Der Wagen interessierte mich nicht. Vielmehr zog es mich in Richtung eines kleinen Gebüschs, das auf der anderen Seite des Platzes begann. Ich meinte dort eine Bewegung wahrgenommen zu haben und näherte mich vorsichtig. Ich roch Blut und wurde immer nervöser.

Endlich hatte ich die Stelle erreicht. Es war Kimberley. Sie war bewusstlos. Ihr kleiner Körper lag ganz schlaff da. Ihre gefleckte Haut war ganz verklebt. Jemand hatte sie achtlos ins Gebüsch geworfen. Ich leckte ihr übers Gesicht, doch sie erwachte nicht. Ich musste die Menschen finden. Die würden ihr helfen können.

Ich drang tiefer in das Gebüsch und dann sah ich sie. Da lag Piggy. Ich sah nur ihren Rücken. Auch sie rührte sich nicht. Ich näherte mich. Sie atmete zum Glück. Ich ging um ihren gefesselten Körper herum und als ich sie anstupste, öffnete sie die Augen. Sie hatte überall Schrammen und Kratzer. Ihre Haare waren zerzaust und ihr Blick war schrecklich. Doch einen Augenblick später erkannte sie mich, und erleichtert stammelte sie: „Mein Gott Marty, hilf mir. Es waren zwei Männer hier. Die haben James mitgenommen. Ich konnte nichts tun. Zum Glück warst du nicht da. Ich hatte solche Angst um James und auch dass du auftauchen würdest."

Ich war einfach nur froh, dass ich sie gefunden hatte und drückte mich an sie.

Erst einmal mussten wir diese Fesseln loswerden. Sie war nur mit Seilen an den Händen gebunden. Ich hatte sehr gute Zähne, im Nu hatte ich das erledigt. Sie setzte sich auf und rieb sich die Hände. Ich stupste sie wieder an und wollte sie in Kimberleys Richtung locken. Sie verstand und kam mit. Als sie den kleinen leblosen Körper sah, erschrak sie furchtbar. Doch sie war in Krisen immer gut zu gebrauchen, und vorsichtig nahm sie Kimberley auf den Arm und trug sie ins Haus. Sie verband den kleinen Körper mit einem Handtuch. Ich machte mir große Sorgen, denn ich konnte mir vorstellen, dass so ein winziger Hund schnell verblutet war. Aber Kimberley war zäh. Nach einiger Zeit erwachte sie und lächelte mich schwach an. Eine warme Welle der Zärtlichkeit ging durch mich hindurch und ich seufzte erleichtert. Endlich konnte ich mich ein wenig entspannen.

Bei Piggy war das ganz anders. Sie konnte offenbar kein Telefon finden. Hektisch suchte sie nach ihrer Jacke. Endlich fand sie ihr Handy. Wenig später rief sie damit die Polizei an, die erstaunlich schnell kam.

Piggy schilderte, was geschehen war und so hörte ich die Geschichte auch noch einmal. Während James ihr das Haus gezeigt hatte, waren die Männer hereingekommen und hatten sie überrascht, als sie vom ersten Stock wieder herunterkamen. Äußerst brutal hatten sie James direkt gepackt und mit der Waffe bedroht. Sie hatte nicht gewagt zu schreien. Die Männer hatten sie nach draußen auf den Platz vor dem Haus befördert. Als sie dort noch standen, kam plötzlich Kimberley aus dem Haus. Noch ehe diese kläffen konnte, hatte einer der Männer sie gegriffen und mit voller Wucht in den Wald geschleudert. Dabei war sie wohl an einem Ast hängen geblieben und hatte sich schwer verletzt. James wurde in ein Auto gezerrt und einer der Männer schlug Piggy zu Boden und schleifte sie in das Gebüsch. Dann fesselte er sie an den Händen und ließ sie liegen. Sie hörte, wie die Männer mit James davonfuhren. Sie wurde ohnmächtig.

Wieso hatte ich von dem Ganzen nichts mitbekommen?

Ich hatte einen leichten Schlaf. Ich war normalerweise sehr wachsam. Konnte es sein, dass ich durch den Spaziergang und Kimberley so ins Träumen geraten war, dass ich diesen Moment verschlafen hatte? Ich hatte ein schlechtes Gewissen, aber im Grunde genommen war es ein Glück gewesen, dass ich nicht aufgewacht war. Gegen die Männer hätte ich wahrscheinlich auch nichts ausrichten können. So konnte ich wenigstens mein Frauchen befreien und Kimberley helfen.

Die Polizei brachte uns nach Hause. Wir nahmen Kimberley mit zu uns. Piggy hat versucht im Cottage eine Spur zu finden. Einen Grund, warum James entführt worden war, doch alle Fragen blieben für sie unbeantwortet.

Das ist nun zwei Jahre her. Bis heute wissen wir nicht, was aus James geworden ist. Kimberley ist bei uns geblieben. Piggy geht jeden Tag mit uns an den Strand. Ich glaube, sie hofft, dass James eines Tages am Horizont auftaucht und sie lachend in die Arme schließt.

Auch Kimberley wartet auf ihr Herrchen. Ich versuche sie so gut es geht zu trösten. Hoffnung glimmt in ihren schönen Augen, wenn sie in die Richtung des kleinen Häuschens blickt.

EIN TRAURIGER TAG

Peter war lange gefahren. Zu lange. Er war sehr müde. Spürte, dass er nun wirklich anhalten musste. Seine Konzentration ließ gefährlich nach. Er hatte mehr als sechzehn Stunden am Steuer gesessen. Leichtsinnig. Bis auf kurzes Tanken hatte er keine Pausen eingelegt. Aber er war bald da. Vom Norden Deutschlands in einem Rutsch in den Süden Frankreichs. Völlig verrückt.

Aber da sah er schon die Kathedrale. Die kleine Stadt, die ihm mit ihren uralten Häusern schon vor vielen Jahren so gut gefallen hatte. Er fuhr mitten hinein. Fand einen Parkplatz direkt vor der imposanten Kirche. Und endlich fühlte er, wie die Anspannung langsam nachließ. Er sah kurz in den Rückspiegel. Er sah furchtbar aus. Kein Wunder. Er stieg aus. Direkt gegenüber entdeckte er eine Bäckerei mit ein paar Stühlen und Tischen. Ja, genau, jetzt ein schönes Croissant und einen Café Crème. Das war es, was er brauchte. Es war noch ziemlich früh am Morgen.

Noch nicht viel los. Er überquerte die Strasse und öffnete die Tür der Bäckerei.

Ein wohliges Gefühl überkam ihn, als er den behaglichen kleinen Raum betrat und den herrlichen Duft des frisch gebackenen Brotes einatmete. Es war niemand zu sehen.

Er kannte diese Bäckerei nicht. Auch damals war er niemals hier hinein gegangen. Er wunderte sich darüber, denn er fühlte sich in dieser warmen Umgebung sofort wohl. Interessiert betrachtete er die ausliegenden Leckereien.

Als er wieder aufsah, stand sie ihm gegenüber. Er musste vor Überraschung die Luft anhalten. Im gleichen Moment bemerkte er seinen eigenen völlig entgeisterten Gesichtsausdruck. Es war ihm sehr peinlich, aber er brauchte mindestens drei Sekunden um sich zu fassen. Und drei Sekunden waren eine lange, eine sehr lange Zeit.

Sie lächelte und schaute von ihrem Platz hinter dem Tresen ein wenig auf ihn herab. Diese Frau war groß. Mindestens einsachtzig. Und das hier in der Gascogne. Er ertappte sich dabei, wie er schnell ihre Proportionen analysierte. Auf den ersten Blick waren sie makellos. Er traute seinen Augen kaum. Wie konnte es sein, dass hier eine solche Person lebte? Endlich wagte er es, ihr vorsichtig ins Gesicht zu sehen. Ihre Augen hatten einen mitleidigen Ausdruck. Ihm wurde sofort klar, dass sie auf jeden Mann eine solche Wirkung haben musste und das auch wusste. Sie war schön, mit einer gewissen Herbheit. Ein leicht spöttischer Zug zeigte sich um ihren Mund. Sie war nicht mehr jung. Hatte bestimmt schon einiges erlebt. Ihre dicken braunen Haare standen lockig kreuz und quer um ihren Kopf herum. Eine widerspenstige, unbezähmbare Ausstrahlung ging von ihr aus. Es war eine seltsame Mischung aus Fröhlichkeit, Übermut und Melancholie. Man konnte sich ihrer Anziehungskraft unmöglich entziehen. Er stellte sich unwillkürlich vor, wie schwer es sein musste, mit solch einer Aura zu leben.

All diese Gedanken rauschten durch seinen Kopf, während sie geduldig wartete. Als er endlich seine Fassung wieder gefunden hatte, bestellte er ein Croissant und einen Grand Crème. So normal wie möglich. Es gelang ihm nun auch kurz, sie fast normal anzusehen. Er erwiderte ihr Lächeln und versuchte das Rauschen in seinen Ohren zu ignorieren. Sie bedeutete ihm, sich hinzusetzten. Sie würde ihm seinen Kaffee bringen. Ach, wie hatte er Frankreich vermisst.

Er riss sich von ihrem Anblick los und schaffte es mit weichen Knien bis zu den Tischen und Stühlen, die zwei Meter hinter ihm auf einer kleinen Erhöhung standen.

Er setzte sich so hin, dass er sie in aller Ruhe weiter betrachten konnte. Es war jetzt fast acht Uhr. Gleich würde es hier sicher voll werden. Er konnte es sich nicht anders vorstellen, als dass massenweise Kunden den Laden erstürmen würden, um ein morgendliches Schwätzchen mit dieser unglaublichen Bäckerin zu genießen.

Sie näherte sich seinem Tisch und servierte den Kaffee und das Croissant. So konnte er sie in voller Länge mustern. Trotz ihrer Größe trug sie hohe Schuhe. Damit musste sie sogar einsneunzig groß sein. Sie war sexy.

Und wirkte dabei ganz authentisch. Ohne jedes Gehabe. Sie trug Jeans und ein ziemlich enges T-Shirt. Zumindest angezogen hatte sie die Figur einer Zwanzigjährigen.

Sie grinste, als sie seinen Tisch erreichte. Sie sah ihm direkt in die Augen und er hatte das Gefühl, als würde dieser Blick endlos sein. Er hatte Zeit, sich ihr Gesicht genauer anzuschauen. Sie hatte blaue Augen. Nicht dunkel und nicht hell. Die Farbe war nicht auffällig, aber es lag ein ganz besonderer Ausdruck in ihnen. Umrahmt waren sie von sehr schönen ebenmäßigen Brauen. Sie war kaum geschminkt. Vielleicht ein wenig Wimperntusche. Ihre Nase war ziemlich groß, aber sehr schön gerade geformt. Der Mund war voll und perfekt mit ebenmäßigen Zähnen. Die kleinen Fältchen, die ihn umrahmten wirkten sehr charmant. Insgesamt war alles groß an ihr, aber es passte einfach sehr gut zusammen.

Ihre Körpersprache zeugte von starkem Selbstbewusstsein. Er hatte noch keinerlei Anzeichen von Unsicherheit bemerkt. Sie wirkte äußerst entspannt. Kein bisschen Arroganz oder Affektiertheit. Das gefiel ihm ganz besonders, denn bei einem solchen Aussehen hätte sie auch eingebildet sein können. Sie wirkte aber vollkommen natürlich.

Die Tür öffnete sich und er wurde aus seinen Überlegungen gerissen. Eine Kundin betrat die Bäckerei. Es war eine ältere Dame. Die Bäckerin begrüßte sie mit Namen und konzentrierte sich jetzt auf die Frau. Er konnte sie ausgiebig weiter studieren.

Auch ihre Hände waren groß. Sie hatte eine Art, diese zu bewegen, die ihn faszinierte. Die langen Finger erinnerten ihn ein bisschen an Tentakel. Sie nahm das Baguette nur mit den Fingerspitzen, als sie es der Dame reichte. Das sah wirklich merkwürdig aus. Bei dieser Frau war jede Kleinigkeit bemerkenswert.

Der Laden füllte sich nach und nach mit Menschen. Sie war jetzt sehr beschäftigt. Trotzdem trafen sich von Zeit zu Zeit ihre Blicke. Er war längst fertig, aber er konnte sich einfach nicht losreißen. Er wäre am liebsten für immer hier sitzen geblieben, um sie anzusehen.

Schweren Herzens ging er irgendwann auf sie zu und

wollte bezahlen. Da schob sie seine Hand zurück und ihre Augen wurden traurig.

„Es ist der letzte Tag heute hier. Nach fast dreißig Jahren schließe ich. An diesem letzten Tag, den ich in dieser Bäckerei stehe, gibt es den Kaffee umsonst."

Sie hatte Tränen in den Augen und ihre Bestürzung steckte ihn augenblicklich an.

Niemals sollte er diesen intimen Moment mit der schönen Bäckerin vergessen.

DIE AUSSTEIGERIN

Kein Geld der Welt hätte sie hier wegbekommen, aber Tobias. Für ihn würde sie das Weite suchen. Sie würde sich einlassen auf jeden Deal, auf jeden Unsinn. Am Liebsten ohne Programm. Einfach so. Keine Spur hinterlassen, einfach verschwinden mit ihm und ihr Glück versuchen. Ein langweiliges Leben, alteingesessen, seit über zwanzig Jahren in derselben Firma, das war es, was sie zurückließ. Traurig genug. Ein Armutszeugnis. Natürlich, alle Träume auf der Strecke geblieben.

Sie hörte unten ein Auto vorfahren. Das musste er sein. Eine Chance hatte sie. Jetzt oder nie. Das war klar.

Sie winkte vom Balkon herunter, warf sich ihren Mantel über, ergriff ihre Tasche, in der sie eingepackt hatte, was sie für unentbehrlich hielt, ließ ein letztes Mal den Blick durch ihre Wohnung schweifen, in der sie ihr halbes Leben verbracht hatte, schluckte, erstaunt über ihre eigene Courage und zog von außen die Tür hinter sich zu. Diese Wohnung war Vergangenheit. Wie alles andere auch. Keine Kündigung, keine Information an irgendjemanden. Freunde ließ sie zurück, Verwandte, halt ein ganzes Leben.

„Da bin ich!"

Erwartungsvoll blickte sie in das undurchdringliche Gesicht Tobias', der ausgestiegen war, um ihr die Tasche abzunehmen und in den Kofferraum zu packen.

„Schön, dass du dich getraut hast."

Sein einziger Kommentar. Sie wusste, dass sie keinen Redeschwall oder eine ungezwungene Unterhaltung zu erwarten hatte. Dieser Mann sagte wirklich kein Wort zu viel.

Sie fuhren los. Die Landschaft zog vorbei. Norddeutschland. Die Marsch. Sie öffnete das Fenster, um ein letztes Mal den leichten Duft des Meeres einzuatmen.

„OK, also wohin?"

Er riss sie aus ihren Träumen.

„Italien. Das wollte ich schon immer gern mal sehen."

Sie hatte ihr Erspartes abgehoben. Hatte alles in die kleine Tasche gestopft. Sie wollte auf keinen Fall ihre Kreditkarten benutzen, das hätte ihre neue Identität zerstört. Niemand sollte ihren Weg verfolgen können.

Es ging auf die Autobahn. Einmal für ein Land entschieden, wollten sie auch so schnell wie möglich dorthin gelangen. Sie fuhren auf der Autobahn, die sie schon tausendmal gefahren war, und doch war es ganz neu, ganz anders. Sie fühlte sich angespannt. Inspiriert. Ihre Finger kribbelten. Es war wirklich das Gefühl einer Wiedergeburt. Eine hundertprozentige Veränderung. Sie konnte nicht mehr stillsitzen.

„Lass uns anhalten und einen Kaffee trinken. Ich muss meinen Schritt in ein neues Leben genießen."

Sie fuhren an der nächsten Raststätte raus. Sie war glücklich und lud Tobias ein. Sie war euphorisch. Er war kühl, wie immer. Für ihn war es womöglich auch nichts Ungewöhnliches, sein Leben komplett umzukrempeln. Er hatte das vielleicht schon öfter getan.

Im Grunde hatte sie keine Ahnung von ihm. Sie kannte ihn ungefähr vier Monate. Er schien ein ziemlich freies, ungezwungenes Leben zu führen. Vielleicht auch ein wenig wurzellos. Er lebte in den Tag hinein. Hatte eine Wohnung, in der praktisch nichts Persönliches zu finden war. Sie fand das am Anfang sehr seltsam, doch es übte auch eine gewisse Faszination auf sie aus, so ein Mann ohne Vergangenheit. Sie begann ihn verstohlen zu beobachten, versuchte Informationen aus ihm herauszulocken. Fragte ihn über Familie, Freunde und Vorleben aus. Nichts. Er ließ sich auf nichts ein. War er vielleicht ein Mensch, der polizeilich gesucht wurde? Ein Verbrecher? Ein Drogendealer oder gar ein Mörder?

Nein, sie verließ sich auf ihre Intuition. Sie glaubte nicht an solch finstere Vermutungen. Sie dachte eher an eine gescheiterte Liebe oder vielleicht eine Pleite oder Steuerflucht. Nach einer Weile insistierte sie nicht weiter. Sie akzeptierte, dass er nicht darüber reden wollte und folgte ihm trotzdem.

Sie war die Bewegungslosigkeit und Apathie ihres

eigenen eingespielten Lebens satt gewesen, und es war ihr egal, woher er kam oder was er vorhatte. Er war der richtige Partner zum Ausbrechen. Er hatte Übung.

Sie übernachteten in einem kleinen Hotel in der Nähe der Autobahn. Sie wollten die typischen Raststätten meiden, weil man da oft nur mit Kreditkarte zahlen konnte.

Am nächsten Morgen ging es weiter. Sie nahmen sich vor, an diesem Tag auf jeden Fall über die Grenze nach Italien zu fahren. Es war ein herrlicher Tag. Sie genossen ein Frühstück in der Sonne, und los ging's.

Es war wenig Verkehr. Sie kamen gut voran. Tobias war wieder schweigsam und ein ganz klein wenig nervte sie das plötzlich. Normalerweise hatten sie immer nur zusammen zu Abend gegessen und die Nacht verbracht. Niemals waren sie einen ganzen Tag in einem Auto zusammen gefahren. Sie musste es sich selbst gegenüber leider eingestehen, aber sie fing an, sich zu langweilen. Sie versuchte ein Gespräch in Gang zu bringen. Er antwortete immer einsilbig, nur das Nötigste.

Sie kam nun doch ein wenig ins Grübeln, ob er langfristig der richtige Mann für eine neue Zukunft sein würde. Irgendwie hatte sie angenommen, dass sie sich emotional näher kommen würden, wären sie erst einmal unterwegs. Sie hatte inzwischen allerdings eher den gegenteiligen Eindruck.

Sie wollte jetzt nicht darüber nachdenken. Vielmehr begann sie über Italien zu sinnieren. Italien war groß und – wie sie annahm - total interessant. Die Flucht in eine große Stadt oder eher in eine naturbelassene Gegend? Das galt es zu entscheiden. Sie kam aus der Stadt und suchte eigentlich erst einmal die Einsamkeit. Sie wollte Weite, Wärme und vielleicht auch wieder das Meer. Das Meer, das im Süden so anders war. Das Mittelmeer, das sie aus Spanien kannte. So viel einladender als die Nord- oder Ostsee.

Eine Insel. Das war die Idee. Sardinien, fast so groß wie ein eigener Kontinent. Individuell und abwechslungs-reich wie ein ganzes Land. So ganz anders als Nord-deutschland. Mit Menschen voller Herzenswärme.

Verknitterte alte Frauen, die ihre Oliven ernteten. Ihre
Fantasie wurde angeregt. Sie hatte einiges gelesen über
Sardinien. Die Insel war ziemlich groß. Man konnte sich
dort bestimmt recht unauffällig bewegen. Und sie war
neugierig auf dieses Land im Land, diese eigenwilligen
Leute.

Da Tobias die Führung gänzlich ihr überließ, ging es
also abends auf die Fähre. Sie hatten schon eine ziemliche
Tour hinter sich und fielen, nachdem sie einen kurzen
Imbiss heruntergeschlungen hatten, sofort ins Bett.
Zutiefst erschöpft schlief sie ein.

Früh am nächsten Morgen erreichten sie den Norden
von Sardinien.

Sie beschlossen, an der Westküste nach Alghero zu
fahren. Sie hatte sich auf dem Schiff einen Reiseführer für
Sardinien besorgt. Dort hatte sie den Ort entdeckt, der
mondän, alt und schön an der Küste lag.

Alghero war tatsächlich fantastisch. Eine Stadtmauer
umgab die Altstadt, in der man herrlich flanieren konnte.
Die alten Gassen hatten etwas Magisches.

Sie fühlte sich in eine andere Zeit hineinversetzt. Es gab zwar auch eine ganze Menge Touristen, aber sie empfand sich als außenstehend. Sie war kein Teil von diesen Spaziergängern, die nur eine kurze Pause von ihrem Spießerleben machten. Die sich hier das einheimische Öl zu horrenden Preisen kauften und in den Bars herumsaßen und den schönen Blick lobten.

Sie sah sich hier strandend, für immer hier verweilend. Als einer von diesen Menschen, die in ihrem Alltag durch diese Gassen eilten. Es war spannend, sich so etwas vorzustellen. Einigermaßen bestürzt musste sie allerdings feststellen, dass sie sich als Einzelkämpferin sah. Tobias kam bei diesen Zukunftsspinnereien nicht vor. Besorgnis erregend?

Vielleicht wäre es besser, sie würde sich direkt unabhängig von ihm machen. Vielleicht sollte sie ihm einfach sagen, dass ihr doch eher nach einem alleinigen Abenteuer war. Vielleicht sollte sie ihm klarmachen, dass sie das Gefühl hatte, dass sie eigentlich überhaupt nichts miteinander anfangen konnten.

Er jedenfalls schien ihr nichts anzumerken. Er wirkte völlig sorglos und kein bisschen grüblerisch. Er war einsilbig wie stets. Freundlich und ein wenig unverbindlich.

Sie spürte, wie sie geradezu wütend auf ihn wurde. Ein unkontrollierbarer Zorn schien da in ihr zu wachsen. Sie verfluchte ihre Idee, mit ihm zusammen diese Reise angetreten zu haben, statt auf eigene Faust allein losgezogen zu sein. Sie versuchte sich im Zaum zu halten und verbrachte einen für sie angespannten Tag mit ihm. Er schien das Ganze zu genießen. Merkte überhaupt nicht, wie sehr es in ihr brodelte.

Diese Nacht blieben sie in einem Hotel direkt an der Uferpromenade, und ein bisschen konnte sie den einzigartigen Sonnenuntergang auf sich wirken lassen. Am nächsten Tag wollten sie sich unbedingt die alten Silberminen im Westen der Insel ansehen. Diese lagen verlassen von jeder Menschenseele und mussten einen atemberaubenden Anblick bieten. Sie war sehr gespannt auf die morbide Stimmung, die sich dort -laut Reiseführer- einstellen sollte.

Heute war sie ein bisschen optimistischer. Sie sagte sich, dass sich das Problem mit Tobias schon von selbst regeln würde. Sie würde es auf die lange Bank schieben, das Gespräch mit ihm. So schlimm war er ja auch gar nicht. Zumindest einige Tage würde es schon noch gehen. So brachen sie zu ihrem Ausflug auf und folgten der kleinen Straße Richtung Westküste.

Es war so schön. Welch eine Landschaft. Karge Felsen, niedriges Buschwerk, aber auch Grün. Eichenwälder, Olivenhaine und dazwischen immer wieder das Meer, an dem sich die Küstenstraße entlang schlängelte. Immer wieder tat sich ein neuer einmaliger Ausblick auf, wenn sie um eine weitere Kurve fuhren. Sie war sprachlos. Plötzlich tauchte dann und wann wie aus dem Nichts eine der alten Minen auf. Verfallen, rostig. Alte Gemäuer - verstaubt, verlassen, stehen gelassen mit allem. Als hätten die Besitzer nur ein Köfferchen mitgenommen und alles andere war geblieben. Villen. So schön mit Blick auf das Meer. Niemand wohnte mehr dort. Nichts war mehr dort. Sie hörte förmlich die alten Maschinen, dieMenschen, die einst

diese Orte mit Leben erfüllt hatten. Diese Minen hatten
Sardinien reich gemacht und waren später alle bankrottge-
gangen. Unfassbar.

Sie beschlossen auszusteigen und sich in einer der
Minen umzusehen.

So schlenderten sie hinüber zu einem Gebäude mit
einem angrenzenden Schacht. Sie bekam leichte Gänse-
haut, obwohl es heiß war. Einen winzigen Moment zögerte
sie, den Schacht zu betreten. Doch dann überwog ihre
Neugier und ohne auf Tobias zu warten, der langsam
hinterherkam, stürmte sie ungeduldig voran.

Das eben noch gleißende Sonnenlicht war hier
undurchdringlichem Schwarz gewichen. Instinktiv drehte
sie sich nach Tobias um. Was sie sah, ließ sie erstarren.
Sein sonst unbewegliches Gesicht war verzerrt. Seine
Kieferknochen traten hervor. Blitzschnell wurde ihr
klar, dass er ihr etwas antun wollte.

Sie oder er hieß es jetzt und sie handelte instinktiv.

Sie war im Vorteil. Ihre Augen waren an die Dunkelheit schon besser gewöhnt und er hatte nicht damit gerechnet, dass sie reagieren würde. Sie duckte sich hinter einen Vorsprung und bekam einen schweren Stein zu fassen. Als Tobias an ihr vorbeitappte, riss sie die Arme hoch und ließ den Stein mit aller Kraft auf seinen Kopf niedersausen. Er sackte sofort zusammen und lag reglos am Boden. Sie wagte kaum zu atmen. Die Bilder rasten chaotisch durch ihren Kopf. Ihr war schwindelig. Sie musste sich setzen und ließ sich neben dem Körper nieder. War er tot? Sie hatte keine Ahnung. Was hatte sie getan? Um Himmels Willen. Hatte sie einen Menschen umgebracht?

Sie musste um jeden Preis die Nerven bewahren. Sie versuchte ruhig zu werden, versuchte regelmäßig zu atmen.

Eine Nüchternheit bemächtigte sich ihrer, die sie nie für möglich gehalten hatte. Sie konnte auf einmal absolut klar denken. Dieser Mann hatte sie umbringen wollen. Wahrscheinlich hatte er es auf ihr Geld abgesehen. Aber sie hatte das vereitelt. War das Mord? Nein – eindeutig

Notwehr. Würde das aber jemand glauben? Er lag hier. Niemand würde ihn hier finden. Es war sehr unwahrscheinlich, dass nach ihm gesucht würde. Niemand in dieser Gegend kannte ihn. Niemand kannte sie. Sie konnte einfach verschwinden. Nie würde jemand nach ihr suchen, selbst wenn er gefunden würde.

Aber war er überhaupt tot? Sollte sie das überprüfen oder sollte sie lieber verschwinden? Selbst wenn er noch nicht tot war, würde er mit Sicherheit hier sterben. Es war das Beste so. War es nicht sogar die Lösung all ihrer Probleme? Sie wollte nicht mit ihm reisen. Sie wollte nicht mit ihm zusammen sein. Sie wollte nicht mit ihm ihre Zukunft gestalten. Er war Ballast gewesen in den letzten Tagen und sie hatte sich seiner entledigt. Zugegeben etwas anders als geplant, aber das war sein eigener Wille gewesen.

Sie erschrak über ihre eigene Gnadenlosigkeit. War es tatsächlich so einfach, jemanden zu töten? Trotz ihres Entsetzens wusste sie, dass sie schnell handeln musste.

Nachdem sie den Autoschlüssel aus Tobias' Tasche gezogen hatte, würdigte sie ihn keines Blickes mehr.

Vorsichtig trat sie aus dem Schacht. Es war niemand zu sehen. Das Auto stand unverändert da. Hoffentlich war in der Zwischenzeit niemand vorbeigefahren. Sie musste den Wagen mitnehmen. Anders konnte sie hier nicht wegkommen. Das war das größte Risiko, dass sie jemand auf der Straße in dem Auto sehen würde. Das musste sie eingehen.

So fuhr sie ungesehen aus dem einsamen Gebiet heraus in Richtung Süden und je weiter sie sich von der Mine entfernte, desto besser fühlte sie sich. Ja, sie wurde richtig fröhlich. Ihr Optimismus und ihre Lebenslust erhöhten sich bei jedem Kilometer. Sie würde dieses Drama vergessen und zwar ganz schnell.

In der Dämmerung erreichte sie die Hauptstadt Cagliari. Sie stellte das Auto auf einem Parkplatz ab, nahm ihre kleine Tasche und wanderte in die Stadt hinein.

Mit der nächsten Fähre würde sie als Passagier ohne Auto die Insel verlassen. In Italien gab es so viele interessante Orte, die sie noch sehen wollte. Im Handschuhfach hatte sie noch ein paar tausend Euro gefunden, die ihre finanzielle Situation noch weiter aufbesserten. Sie genoss den Abend in dieser Stadt voller südlichem Flair und ging endlich allein essen.

DER MANN IM WÄLDCHEN
ODER EINE WAHRE GESCHICHTE

Theresa hakte sich bei ihrer besten Freundin unter. Ihr Reitunterricht war beendet und nun wollten sie ein bisschen im Wäldchen herumstromern, das direkt neben dem Reitstall lag.

Gerade waren sie vom Stallmeister aus dem Heu- und Strohlager geworfen worden.

Die Kinder liebten es im Heu zu toben. Der Stallmeister schimpfte jedes Mal fürchterlich, wenn er sie dabei erwischte. Sie hatten gewaltige Höhlen im Heu gebaut, was ziemlich gefährlich war. Das war ihnen selbstverständlich egal. Im Gegenteil, es machte die Sache erst richtig spannend. Ganze Horden wühlten sich durch die Scheune. Das Heu kam dabei völlig durcheinander und die Ballen wurden zerstört. Der Stallmeister war darüber sehr verärgert.

Theresa und ihre Freundin erreichten den Waldrand.

Das Wäldchen war nicht besonders dicht und meistens gingen sie mitten zwischen den Bäumen hindurch, doch heute spazierten sie ausnahmsweise den schmalen Weg entlang, der durch das Wäldchen führte. Dort trabten normalerweise die Pferde, daher war es etwas holprig. Sie beschlossen, den Weg zu verlassen und liefen querfeldein.

Plötzlich erblickten sie etwas. Von Weitem sah es aus, wie... Ja, wie sollte man das beschreiben? Wie ein Haufen Kleider vielleicht. Das wollten sie sich ansehen. So gingen sie auf den Haufen zu. Als sie näher kamen, erkannten sie, dass es sich offenbar um einen Menschen handelte, der dort am Baum lehnte. Sie kamen von hinten an die Person heran. Sie sahen deren Hinterkopf und die Schultern. Die Person schien auf dem Boden zu sitzen. Das kam ihnen doch sehr merkwürdig vor. Mitten im Wäldchen sitzt jemand an einen Baum gelehnt? Das musste ein Verrückter sein. Vielleicht ein Betrunkener. Ihnen wurde sehr unheimlich zu Mute. Doch ihre Neugier war stärker. Sie schlichen sich vorsichtig von hinten heran. Soweit sie es sehen konnten, rührte sich nichts. Sie waren nur noch

wenige Meter von dem Körper entfernt. Da entdeckte
Teresa eine Krücke, die neben dem Mann lag.

Sie gingen nun seitlich an ihm vorbei. Sie hatten noch
nie einen Toten gesehen. Aber dass dieser Mann tot war,
war beiden sofort klar. Er saß nicht, nein, er hing. Er hing
an dem Baum und zwar mit einem Strick um den Hals.
Der Mann hatte sich offenbar erhängt. Aber nicht so, wie
man es vielleicht schon einmal in einem Western gesehen
hatte. Der Mann hing tatsächlich nur wenige Zentimeter
über dem Boden. Daher sah es so aus, als ob er säße. Es
war ein grauenhafter Anblick.

Sein Gesicht war angeschwollen. Bläulich verfärbt.
Kaum noch als menschliches Antlitz zu erkennen. Es war
nicht zu verhindern, aber den Kindern brannte sich
augenblicklich das Gesehene in ihre Köpfe ein. Und sie
schauten. Sie schauten intensiv. Sie glotzten regelrecht. Sie
konnten nicht genug kriegen von diesem Schaurigen. Es
war wie ein Zwang. Sie standen und rührten sich nicht und
mussten hinsehen. Jede Einzelheit in sich aufnehmen.

Sie lösten sich aus ihrer Erstarrung und rannten so schnell sie konnten zum Stall.

„Da hängt Einer! Im Wäldchen ist ein Toter!"

Die Kinder waren vollkommen aufgelöst. Die Leute dachten, sie machten einen Witz. Erst Teresas Vater, der seine Tochter kannte und wusste, dass sie einen solchen Scherz nicht machen würde, kam mit.

Und tatsächlich. Ein bisschen hatte er gehofft, dass sie sich das alles nur eingebildet hatten, aber es stimmte. Der Mann saß – oder hing – noch da.

Teresas Vater prüfte mit einem Stock, ob der Mann noch lebte. Aber er war schon vollkommen steif. Erneut prägte den Kindern sich die grauenvolle Fratze ein. Inzwischen waren sie naturgemäß zahlreicher geworden, bei einer solchen Nachricht.

Nun wurde die Polizei verständigt. Als diese eintraf, sorgte sie dafür, dass den Kindern der weitere Anblick verwehrt wurde und sperrte das Wäldchen ab.

Neben dem Mann hatten zwei Krücken gelegen. Es stellte sich später heraus, dass jemand aus dem Stall den

Mann noch vor dem Wäldchen auf einer Bank hatte sitzen sehen. Es war ein junger Mann gewesen. Behindert. Da er nicht in der Lage gewesen war, sich aufrecht zu erhängen, hatte er das im Sitzen getan. Er hatte den Strick um einen niedrigen Ast geschlungen und sich damit tatsächlich im Sitzen umgebracht. Es musste ein überaus qualvoller Tod gewesen sein. Es musste furchtbar lange gedauert haben.

CROCODILES DON'T MAKE JOKES

Wir waren in Frankreich. Genau gesagt besuchten wir meine Schwiegermutter zu einem Familientreffen. Sie hatte ein herrliches Anwesen im Süden unweit der Pyrenäen.

Es gab dort einen Badesee. Wunderschön.

Am See war ein winziger Strand und wir badeten dort täglich, es sei denn, es war zu kalt. Unser kleiner Sohn war damals etwas über drei Jahre alt und er hatte Riesenspaß, dort zu planschen.

Eines Morgens bat Helena meinen Mann, im See einen Stab zu verankern, der eine bestimmte Stelle markieren sollte. Mein Mann versprach, das gleich nach dem Frühstück zu erledigen.

Wir liefen also viel früher als sonst runter zum See. Wir mussten zum gegenüberliegenden Ufer. Unser Sohn schlief noch und Pierre und ich genossen die Zeit für uns.

Der See lag still und schwarz. Es schien keine Sonne an diesem Morgen und es war ungewöhnlich ruhig. Mir fiel auf, dass kein Vogel zwitscherte. Die Stimmung war ein bisschen so wie vor einem Gewitter. Mir war kalt und ich kuschelte mich in meine Jacke, die ich mir zum Glück übergeworfen hatte, als wir losgegangen waren.

Wir fanden einen Platz an dem Pierre gut ins Wasser steigen konnte. Er warf seine Kleider auf den Boden und stieg zögernd in das kalte Wasser. Er war ein guter Schwimmer, aber mit der Stange in der Hand kam er nur langsam voran.

Nach einer Weile hatte er die Stelle erreicht, an der die Stange platziert werden sollte. Er rammte sie in den Boden, was nicht einfach war im Wasser.

Ich stand am Ufer und beobachtete ihn, als ich plötzlich im Augenwinkel eine Bewegung wahrnahm. Es war ein Gleiten, das geschmeidig durch das Wasser fuhr. Mein Blick wandte sich um und ich sah...

Es fällt mir immer noch schwer es zu beschreiben. Vor allem das Gefühl, was sich augenblicklich einstellte. Meine Nackenhaare sträubten sich. Eisig wurde mein Auge angezogen von diesem Geschöpf. Ich sah ein gigantisches

Krokodil. Aber es war nicht so ein Krokodil, wie man es aus dem Zoo oder aus dem Fernsehen kennt. Drei oder vier Meter lang. Dieses Exemplar hatte mindestens zwölf Meter. Der gewaltige Kopf war groß wie ein Medizinball. Es hatte nicht so ein langes Maul, wie ich es bei Krokodilen kannte. Der Kopf war eher breit, das Maul kurz. Die Haut war aber genauso wie bei anderen Krokodilen, nur eben alles viel größer. Riesig wölbte sich der Rücken aus dem Wasser und ich erstarrte, es bewegte sich gemächlich auf Pierre zu, der ahnungslos mit den Armen im Wasser ruderte.

Wertvolle Sekunden waren verstrichen durch mein Entsetzen und meine Bewegungslosigkeit. Doch jetzt war ich nicht mehr zu bremsen. Mir wurde sofort klar, was dieses Monster vorhatte. Es wollte meinen Pierre zum Frühstück. Da hatte es aber nicht mit mir gerechnet. Ich würde nicht tatenlos zusehen.

Ich schrie so laut wie nie zuvor in meinem Leben. „Ein Krokodil, ein Krokodil!"

Ich kannte selber die Situation, wenn man schwamm.

Man hört dann nicht besonders gut. Doch Pierre sah mich wild gestikulierend am Ufer rumfuchteln und in die Richtung des Viechs zeigen. Er sah sich um und erkannte augenblicklich die Lebensgefahr, in der er schwebte.

Zum Glück hatte er keine Schrecksekunde und schwamm wie ein Verrückter los, um das Ufer zu erreichen.

Ich sprang ins flache Wasser in der Hoffnung durch mein Gezappel und die Vibration und den Lärm das Krokodil abzulenken. Und tatsächlich. Es wandte den Kopf und blickte zu mir herüber. Es war sich seiner Sache anscheinend wirklich sehr sicher. Es hatte überhaupt keine Eile.

Und genau das war Pierres Glück. Er schaffte es bis zum Ufer zu schwimmen. Ich habe nie zuvor jemanden so schnell aus dem Wasser springen sehen.

Als das Ungeheuer erkannte, dass Pierre ihm davongekommen war, drehte es ab und tauchte unter. Wir sahen es nicht mehr.

102

Noch ganz paralysiert gingen wir nachdenklich nach Hause und wollten augenblicklich Pierres Mutter von dem berichten, was wir gesehen hatten.

Doch was sahen wir, als wir am anderen Ufer des Sees direkt am Haus ankamen? Die ganze Familie planschte arglos im Wasser herum. Unser kleiner Sohn war mit seinen Schwimmflügelchen unterwegs und paddelte stolz in den Fluten.

Panik erfasste mich augenblicklich. Ich befürchtete, dass das Krokodil natürlich auch diese Bewegungen und diesen Lärm an dieser Seite des Sees wahrnahm, und es wäre ein Leichtes für einen solchen Koloss, in Windeseile hinüberzuschwimmen.

Meine Stimme überschlug sich, als ich wiederum über den See schrie und diese kleine Menschenmenge so schnell wie möglich aus dem Wasser treiben wollte.

Meine Schwiegermutter sah mich verständnislos an, aber sie begriff, dass ich es bitter ernst meinte. Auch hier war es wiederum ein Segen, dass sie sich direkt in der Nähe unseres Sohnes befand und sich diesen sofort schnappte, um mit ihm aus dem Wasser zu kommen. Alle sprengten in wilder Flucht heraus.

Auch dieses Mal war mein Gefühl richtig gewesen. Wir alle sahen vom sicheren Ufer aus den glänzenden Körper durch das Wasser ziehen. Ganz in der Nähe. Ich war so glücklich, meinen kleinen Sohn sicher im Arm zu halten.

Am nächsten Morgen hörten wir im Radio die Nachricht, dass ein Angler spurlos verschwunden sei. Wir riefen augenblicklich die Polizei an.

IST DAS KLUG?

Kein Mensch weit und breit. Ohne noch einmal zu
überlegen, schnellte seine Hand in das Loch und griff nach
den schäbigen Plastiktüten. Eiligen Schrittes verließ er die
Ranch und verschwand nach kurzer Zeit in dem mit nied-
rigem Buschwerk bewachsenen Umland der Weiden.

In dem Unterholz fühlte er sich sicher. Er kauerte
sich hin und betrachtete seinen Fund. Er breitete den
Inhalt der Beutel im Sand aus. Sein Atem ging flach. Die
Härchen an seinen Armen stellten sich auf.

Das waren Unmengen von Geld. In seinen kühnsten
Träumen hätte er sich nicht vorstellen können, jemals
einen solchen Batzen davon zu Gesicht zu bekommen. Er
zählte. Schätzungsweise zwei Millionen Dollar lagen vor
ihm.

Und jetzt?

Sein Gehirn arbeitete in Windeseile. Eine Lösung. Ein
Weg. Ein kurzer Blick hob sein Leben aus den Fugen. Eine

Sekunde erwog er, die Tüten zurückzulegen und so zu tun, als gäbe es sie nicht. Doch sein Magen krampfte sich zusammen. Er raffte den verstreuten Inhalt an sich und machte sich auf den Weg.

Seine Last war schwer, aber er hatte eine überdurchschnittliche Kondition. Seine Jugend im Reservat und die harte Arbeit als Viehtreiber hatten ihn zäh gemacht. Seine Fähigkeit, sich von den Empfindungen seines Körpers zu lösen, kam ihm jetzt zugute. Er spürte keinen Durst, keinen Hunger. Während er durch das dornige Gestrüpp wanderte, spielten sich tausend Geschichten in seinem Kopf ab, was nun geschehen könnte.

Ein geruhsamer Lebensabend tat sich vor ihm auf. Er sah sich sitzen, in einem Haus am See. Sorglos. Dem Müßiggang frönend.

Aber hätte er wirklich Freude an einem so einsamen Genuss?

Ganz klar, ein solcher Fund konnte keinem allein Freude bringen. Außerdem hatte er alles, was er brauchte. Er hatte einen Job. Er hatte etwas zum Anziehen. Er hatte etwas zu essen. Er war alt. Er brauchte nichts.

Vielleicht könnte er seinen Kumpel Jonathan einweihen. Im Grunde war dieser in der gleichen Situation wie er. Auch er war alt und zufrieden.

Und so ging sein Schritt unmerklich in die Richtung der Hütte Jonathans. Die Dämmerung nahte und er beschleunigte sein Fortkommen. Nach einer weiteren Stunde Fußmarsch erreichte er die Behausung und klopfte.

Die Tür öffnete sich und ein erstaunter Jonathan bat den alten Indianer einzutreten.

Der Freund hatte ihn noch nie in einer solch aufgelösten Verfassung erlebt.

„Was ist geschehen? Setz Dich erstmal!"

„Jonathan, Du musst mir helfen. Es ist etwas völlig Verrücktes passiert. Sieh nur, was ich heute auf der Ranch gefunden habe."

Er öffnete seine Beutel und ließ Jonathan hineinschauen. Dieser ließ sich überwältigt auf seinen Stuhl fallen.

„Mein Gott, was sollen wir tun?"

Sprachlos saßen sie sich lange gegenüber. Beide grübelten über die Möglichkeiten, die Chancen, die Gefahren.

Nach langer Zeit erhob Jonathan das Wort:

„Ich weiß, es klingt verrückt, aber soll ich Dir sagen, was ich tun würde?"

„Natürlich, deshalb bin ich ja gekommen."

„Verbrenne es. Es wird Dir nur Schwierigkeiten bringen. Du warst bis heute zufrieden und froh. Was soll's. Du weißt ebenso gut wie ich, dass viel Geld die Leute nicht glücklich macht. Gibst Du es jemandem, zerstörst Du womöglich sein Leben, obwohl Du ihm Gutes tun wolltest."

Der Indianer dachte kurz nach und fragte sich, warum er nicht selber auf eine so geniale Idee gekommen war.

Sie machten es sich am Kamin gemütlich, und bei einem schönen Becher Kaffee sahen sie zu, wie zwei Millionen Dollar in Rauch aufgingen.

FÜTTERN SIE IMMER IHRE KATZEN

Ein altes geducktes Reetdachhäuschen war ihr Zuhause. Es lag in einer engen Senke in einem kleinen Ort mitten in Ostholstein. Der Hügel hinter dem Haus leuchtete in schönstem Lila der Phaselia.

Hier war es friedlich. Nicht einmal zweihundert Seelen wohnten hier. Kein Anrecht auf eine Telefonzelle hatte das Dorf.

Siblin nannte sich dieses gottverlassene Fleckchen. Die Trave kreuzte sieben Mal die Straße.

Winzig schlängelte sich das an dieser Stelle schmale Flüsschen direkt an der Kate vorbei. Das Grundstück war zur Hälfte eingerahmt davon. Gab es viel Regen, konnte es gefährlich anschwellen und erreichte fast das Haus.

Sie wohnte hier schon viele Jahrzehnte. Hatte den größten Teil ihres Lebens mit ihrem Mann hier verbracht.

Allerdings war sie mittlerweile über neunzig Jahre alt.
War klapprig geworden. Gebeugt von all der Zeit. Ihr
Mann war längst gestorben. Inzwischen lebte sie nur noch
mit ihren Katzen zusammen, die ihr Ansprache und Wärme gaben. Eigentlich ging es so nicht mehr weiter, und sie
wusste, dass früher oder später ihre Kinder kommen und
diesem Zustand ein Ende bereiten würden und sie in
einem Altersheim unterbrächten. Sie hoffte immer noch,
dass sie ihnen zuvorkommen könnte und eines Tages
einfach nicht mehr aufwachte.

Noch tat sie das aber täglich und saß bei schönem
Wetter gern auf einer Bank im Garten und schaute den
Hügel hinauf.

Es war Frühling und sie saß wieder einmal dort in der
Dämmerung und das wunderbare Feld leuchtete. Da sah
sie plötzlich einen Reiter mitten auf der Wiese. Das war
wirklich ungewöhnlich. In sechzig Jahren hatte sie nie
einen Reiter dort erblickt. Überhaupt war auf diesem Feld
nur der Bauer mit seinem Trecker unterwegs.

Außerdem war das Feld ja bestellt. Trotzdem dachte sie sich nichts weiter dabei. Er war sehr weit weg und nur schlecht zu erkennen. Fast wie ein Trugbild. Wie er gekommen war, verschwand er auch wieder und augenblicklich vergaß sie ihn.

Doch einige Tage später saß sie wieder auf der Bank und erneut erschien der Reiter auf dem Hügel. Sie war erstaunt über diese Dreistigkeit. Denn natürlich war kein Bauer darüber erfreut, wenn Leute einfach über sein Feld ritten. Nun schaute sie ihn sich genauer an. Es war ein schwarzes Pferd, ohne Sattelzeug. Der Reiter hielt sich ohne Sattel und Trense. Wie lenkte er das Pferd? Es schien, als würden beide einen vorgegebenen Pfad beschreiten. Als seien ihre Schritte wie aufgezogen auf einem festgeschriebenen Weg.

Unheimlich, dachte sie. Auch der Reiter sah eigentümlich aus. Langes Haar hing ihm strähnig über die Schultern. Und soweit sie es bei untergehender Sonne erkennen konnte, war seine Kleidung zerschlissen. Hager

ragte er über den Rücken des Pferdes, das struppig daher-
kam. Kurze Zeit später verschwand er wieder und erneut
vergaß sie ihn fast augenblicklich.

Einige Wochen gingen ins Land. Die Phaselia ver-
blühte und das Feld lag in dunklem Grün zur abendlichen
Stunde vor der alten Frau. Da erschien der Reiter ihr ein
drittes Mal. Dies Mal kam er den Hügel herunter, direkt
auf sie zu. Sie hatte fast den Eindruck, als wollte er zu ihr
sprechen oder sie erreichen. Es beschlich sie, dass dies
womöglich nicht mit rechten Dingen zuging. Bildete sie
sich auf ihre alten Tage irgendwelche Geister ein?
Lächerlich. Sie lebte schon solange allein und war nicht
ängstlich.

Glücklicherweise trennte die Trave sie von dem
Reiter und es schien, als käme er dort nicht herüber. Aber
er stand eine ganze Weile am gegenüberliegenden Ufer,
und ihr war, als würde er sie anblicken.

Nun war sie doch einigermaßen beeindruckt. Ein
leichter Schauer lief ihr über den Rücken. Konnte es sein,

dass er sie sah? Sie ansah? Bildete sie sich diese Gestalt nur ein, oder war sie real? Nein, es konnte kein wirklicher Reiter sein, soviel war sicher. Er musste ihrer Fantasie entsprungen sein. Sie spürte, wie ihr seine Anwesenheit nun doch zu viel wurde und zog sich ins Haus zurück. Durchs Fenster beobachtete sie ihn, wie er sein Pferd wendete und hinter dem Hügel verschwand.

Der nächste Tag begann mit herrlichem Sonnenschein. Es war warm. Ein richtiger Sommertag. Sie freute sich an der Milde des Wetters und ging in den Garten, um dort ein wenig zu werkeln. Die Zeit verging und sie war in ihrem Element. Als sie müde wurde, setzte sie sich ein wenig und konnte es nicht glauben. Da stand er, am helllichten Tag, direkt am Rand des Flusses, wenige Meter von ihr entfernt. Zum Glück trennte sie immer noch das Wasser. Das leichte Gruseln, das sie beim letzten Mal empfunden hatte, verwandelte sich in Grauen.

So nah hatte sie ihn bisher nicht betrachten können. Er sah schrecklich aus. Sein vernarbtes, entstelltes Gesicht war grau und seine Züge waren finster. Es war, als wolle er einen mit sich hinunterziehen in eine tiefe Gruft, in der einen sicher nichts Schönes erwartete.

Sie konnte den Blick nicht abwenden von diesem Elenden und ihre Angst wandelte sich in Mitleid. Was für eine arme Kreatur stand dort. Wieder hatte sie das Gefühl, er wollte zu ihr sprechen. Sie meinte sehen zu können, wie sich seine trockenen Lippen bewegten. Ein verzweifelter Ausdruck lag auf seinem Gesicht. Aber sie konnte nichts hören, obwohl sie versuchte etwas zu verstehen.

Nach einer Weile wendete er sein Pferd und ritt davon.

Die ganze Geschichte wurde immer rätselhafter. Sollte ein Geist versuchen sich mit ihr zu unterhalten? War sie vollkommen verrückt geworden? Sie behandelte diese Erscheinung mit einer Selbstverständlichkeit, dass sie sich nur wundern konnte. Wie abgebrüht war sie, dass sie keinen Millimeter zurückwich, als er zu ihr sprechen wollte. Anstatt davonzulaufen horchte sie nach Worten. Sicher, sie war sehr alt, was spielte es für eine Rolle, ob sie

von einem Geist massakriert würde, aber der Überlebens-
wille änderte sich doch kaum, auch wenn man alt war,
wollte man leben.

So stand sie und grübelte vor sich hin, während ihre
Katzen ihr um die Beine strichen. Schließlich ging sie hinein, um sie zu füttern und selbst etwas zu essen. Wahrscheinlich hatte sie einfach zu viel Fantasie und war zu viel
allein. Wurde sie zum Ende ihrer Tage hin wahnsinnig?

Immer wieder sah sie den Reiter nun, der am Ufer
stand und wartete.

Eines Tages, sie hatte sich an seinen Anblick fast
gewöhnt, folgte sie einer plötzlichen Eingebung und
winkte ihm zu.

Da ging eine Bewegung durch ihn hindurch, die sie
erschütterte. Schlagartig wurde ihr klar, dass er nicht damit
gerechnet hatte, dass sie ihn sehen konnte. Sein Gesichtsausdruck entgleiste. Ein Geist, dem das Erstaunen auf der
Stirn geschrieben stand. Damit war wirklich die letzte

Unsicherheit von ihr gewichen und sie entschloss sich, ihn anzurufen.

„Kommen Sie doch herüber. Wir können eine Tasse Tee trinken."

Er blieb sprachlos. Starrte sie vielmehr vollkommen überwältigt an und nach einiger Zeit ritt er davon.

Eine ganze Weile verging, ohne dass er sich zeigte. Sie fragte sich ab und zu, was wohl aus ihm geworden sei. Ob ihn ihr Sprechen so erschreckt hatte, dass er für immer verschwunden war? Da stand er eines Morgens in ihrem Garten. Es war ein eiskalter frühwinterlicher Tag. Die Sonne schien auf den Raureif, der sich über Nacht gebildet hatte, und alles sah wunderschön aus. Seine schwarze Gestalt hob sich vom gleißenden Licht ab, und der vertraute Schauer überkam sie. Doch sie war mutig geworden und fest entschlossen, ihn kennen zu lernen. Also trat sie vor die Tür und ging mit festen Schritten auf ihn zu.

„Nun, da sind Sie ja endlich. Ich habe schon auf Sie gewartet. Kommen Sie, setzen wir uns. Es ist so ein herrlicher Morgen. Lassen Sie uns die Sonne ein wenig genießen."

Keine Sekunde fragte sie sich, ob er die Sonne womöglich gar nicht spüren konnte. Ob er sich vielleicht gar nicht setzten konnte. Da sprach er plötzlich.

„Eine Tasse Tee wäre wunderbar. Es ist wirklich lange her, dass ich so etwas genossen habe."

Seine Stimme knarrte. Es war eindeutig, dass er sehr lange nicht gesprochen hatte.

Er ließ sich auf der kleinen Bank nieder, die vor ihrem Fenster stand und sie ging hinein, um den Tee zu holen.

„Ich freue mich, dass wir uns nun endlich einmal unterhalten.", bemerkte sie, als sie wieder hinaustrat. „Ich habe Sie schon so lange beobachtet und dachte, Sie wüssten, dass ich Sie sehen kann. Erst als Sie erschraken, als ich damals winkte, wurde mir klar, dass Sie gar nicht realisiert hatten, dass ich Sie wahrnahm. Sie taten mir so unendlich leid, wie Sie da so standen - Stunden um Stunden - und versuchten herüberzugelangen oder mit mir in Kontakt zu treten. Was ist Ihr Schicksal, dass Sie sich in so einer Situation befinden?"

Sie hatte sich ganz schön weit vorgewagt mit ihren Aussagen und Fragen. War sie zu dreist? Nun war es zu spät, sich diese Frage zu stellen.

„Liebe Frau, ich kann Sie beruhigen. Es ist kein schweres Schicksal, das ich hier trage. Was ich gerade mache, ist mein Beruf. Ich bin gekommen, um Sie abzuholen. Vor vielen Monaten kam ich das erste Mal hier her. Ich wollte Sie eigentlich damals mitnehmen. Aber Sie wollten nicht. Also habe ich geduldig gewartet. Bis heute. Das ist Ihr Tag. Sie müssen sich heute von Ihren Katzen und Ihrem Häuschen verabschieden. Wir trinken diese Tasse Tee und dann geht's los."

So kam also der Tod. Das verblüffte sie. So einfach hatte sie sich das Ganze nicht vorgestellt, doch genau so war es. Sie tranken ihren Tee aus, sie sagte den Katzen Lebewohl, stellte ihnen noch reichlich Futter hin, denn es konnte einige Tage dauern, bis ihr Verschwinden bemerkt würde, schaute noch einmal auf das Häuschen, das wie immer geduckt in seiner Senke kauerte, und ging mit diesem sonderbaren Herrn über den Fluss, als gäbe es nichts Selbstverständlicheres.